文春文庫

小さな場所

東山彰良

文藝春秋

目次

小さな場所

妻へ

黒い白猫

新しい店ができてはつぶれていくので、いまの紋身街《もんしんがい》に刺青店《タトゥーショップ》がどれほどあるのか、ぼくにはよくわからない。

思い出せるのはたったの三軒だけだ。ケニーの店と、猪小弟《ピッグボーイ》たちのアトリエと、寧《ニン》姐さんのスタジオ。なぜこの三軒だけがとくに印象深いのかといえば、もちろん彼らがよくうちの食堂にご飯を食べに来ていたからだ。

ケニーを除けば、ほかの彫り師たちはそれほど長く紋身街に居つかなかった。ニン姐さんはぼくが中学にあがるまえに忽然《こつぜん》と姿を消したし、ピッグボーイと弟の喜喜《シーシー》は警察に捕まってしまった。ケニーによれば、ピッグボーイが店で麻薬を売りさばいていたためだった。

ぼくが生まれるまえ、このへんの刺青店はそれほど多くはなかったそうだ。それがあるときを境に、まるで雨のあとのタケノコみたいにどんどん増えだした。いったいどうしてだろうと思っていたら、阿華《アファ》が知っていた。

「あれは二〇〇五年ごろだったかな、テレビで『邁阿密刺青客《マイアミ・インク》』って番組をやってたんだ。まあ、アメリカの彫り師たちのリアリティショーだな。その番組のせいで台湾でも刺青がブームになったんだ」

阿華は紋身街を出たところで珍珠奶茶《タピオカミルクティー》の屋台を出していて、韓国人のまねをして刺青を入れにくる高校生たちを小馬鹿にしているくせに、自分も鎖骨のところに星をひとつ彫っていた。

「最近は微刺青だの韓式刺青だのいろいろあるけど、どれもおなじさ。韓国人っぽい図案を入れりゃそれが韓式だ」

「じゃあ、阿華のその星は韓式なの？」

「台湾人が勝手にそう呼んでるだけさ。韓国で韓式刺青を入れてくれなんて言ってみろ、きょとんとされるのがおちだぜ」

ぼくはまだスマホを持たせてもらえなかったので、自分ちの店番をほったらかして、阿華のスマホで〈邁阿密刺青客〉を検索してみた。マイアミにある〈３０５インク〉という刺青店のスタッフを撮ったリアリティ番組だとネットに出ていた。関連ページに飛ぶと、うちの店によく炸鶏《フライドチキン》を買いにくる彫り師のケニーを見つけた。何年もまえに撮られた動画みたいだけど、ケニーの肥満ぶりはいまとちっとも変わらなかった。窮屈そうなTシャツを着て、彫り物だらけの腕を自慢げに組み、十何年かまえには二百軒もなかった台湾の刺青店がこの番組のおかげでいまは千五百軒くらいあるとほざいていた。刺青の力をおれは信じています。いまよりすこしだけ若いケニーがインタビューに応えてそう言っていた。おれたちはその力を必要とする人たちにとどけてるんですよ。

「そんなご大層なもんかよ」阿華がせせら笑った。「きょうびの刺青なんざただのファッションさ。なんの意味もありゃしねえ」

「じゃあ、むかしは意味があったの？」

「そりゃそうさ」

「どんな意味？」

「そりゃ、おまえ、あれだよ……まあ、大人になったらわかるよ」

「你又想騙小孩《また子供を騙そうとしてるな》！」ぼくはわめいた。「本当は意味なんかないんだろ！」

「うるせえな」阿華が舌打ちをした。「言い訳だよ……そうさ、刺青ってのは言い訳なんだ」

「言い訳？　なんの？」

「失敗の、間違った行いの、命を捨てるための。まあ、そういうこった。いまの刺青からはそんな言い訳がなんも聞こえてこねえんだ」

紋身街は世界中のどの街にもかならず一本はあるだろうと思われる、街の恥部のような細くて小汚い通りだ。台北にはこういう通りがたくさんある。ひしめく洋服店や穿洞《ピアス》店は庇《ひさし》のかわりにビニールシートを張っているところもあって、昼間でも夜みたいに暗い。しかも、くさかった。父ちゃんに言わせると台北はむかしよりずいぶんきれいになったらしいけど、もしそれが本当なら、むかしの台北は地獄のように汚かったにちがいない。いまでも雨が降ったりすると、ドブみたいなにおいが立ちこめる。そのくせ雨があがって太陽が照っても、何日もじめじめしていた。

刺青店のなかにはひっそりと身を隠すようにしているのもあれば、シャッターをぜんぶ開け放って刺青を見せびらかしている店もある。そういう店では刺青の図案をこれ見よがしに飾り立てて、通りから刺青を彫っている客を眺めることができた。

「ああいう大衆店で彫るようなやつは、なんも考えてねえやつらさ」というのが阿華の見解だった。「とにかく体になんか彫って流行に乗ろうとしてるだけだから、流行が終わりゃぜったい後悔することになるんだ」

「なんで刺青をしてる人って黒いTシャツばっか着てるの？」ぼくは訊いた。

「お、九歳のくせにいいところに気がついたな。刺青を入れるようなやつはな、自分は他人とはちがうってことをみんなに知ってもらいてえんだよ。そのくせひとりぼっちが怖《こえ》えから、似たり寄ったりのかっこうになるわけだ。そうすりゃひと目で仲間だってわかるだろ？」

「でも、なんで黒なのさ？」

「黒は反逆の色で、いちばんほかの色に染まらねえと思ってんのさ」

「そんなの嘘だ」

「なんだと？」

「だってニン姐さんはいつもひとりでいるじゃないか」ぼくは言った。「黒いTシャツを着てるのなんか見たことないし、そもそも夏だって長袖じゃん」

阿華は手をたたいて客の呼び込みをした。都合が悪くなると、阿華はいつも商売に精を出すのだった。

ニン姐さんの店はフィギュアショップの二階にあった。階段は細くて危なっかしくて、人を寄せつけない雰囲気があった。開店時間は決まっておらず、どうかすると何週間も閉まったままになっていた。名前は〈猫眼紋身工作室《キャッツアイ・タトウー・スタジオ》〉で、店名の由来を尋ねたぼくに彼女はこう教えてくれた。

「猫の眼って明るいところでは細くて、暗いところで大きくなるでしょ？　刺青もそうだと思ったのよ」

よく理解できなかったけど、ニン姐さんが言うのだから、そのとおりなのだろう。

ぼくはニン姐さんが好きだった。背が高くて、髪が長くて、とても美人だというのもあるけど、とくに横顔が好きだった。目を伏せたときに彼女の睫毛《まつげ》がつくる影は、まるで淡い宗教画みたいに静かで、やさしくて、あたたかだった。

ニン姐さんはケニーのように金さえもらえばどんなものでも彫るような無節操はぜったいにせず、一見《いちげん》さんはおことわりのうえに、誰かの紹介でやってきた客に対しても、クリスティアーノ・ロナウドのポスターを見せて考えなおしたほうがいいと諭《さと》した。

「彼は刺青なんか入れてない。まわりのサッカー選手がみんな入れてるのに、なぜだと思う？　定期的に献血をするから、刺青を入れられないの。そういう人は体じゃなくて、心に立派な刺青が入ってるのよ」

そんなニン姐さんが拝金主義者のケニーと衝突しないはずがない。このふたりは喧嘩《けんか》の理由に事欠かなかった。刺青観の相違というやつだ。微刺青の是非についても一悶着あった。微刺青というのは五年くらいで消える刺青のことだけど、もちろん汚らしい跡が残る（すくなくとも、ぼくはそう聞いていた）。ニン姐さんは断固としてそんなものを認めなかった。

「やり直しや後戻りができるなら、刺青にいったいどんな意味があるっていうの？」

彼女のこだわりはそれだけではない。十字架はクリスチャンにしか彫らなかったし、漢字以外の文字はどんな大金を積まれても彫らなかった。

「外国語はないものねだりの象徴よ。自分の伝統に根ざしてないものを体に入れると、自分が自分じゃなくなっていくの」

あるとき、ケニーがむかしのアメリカの南軍旗を高校生の二の腕に彫ったことがある。もちろんニン姐さんは激怒した。

「なんてことをするの⁉　あんたの仕事に口出しをするつもりはないけど、あれじゃ詐欺師とおなじだわ！」

「詐欺師だと？」大男のケニーは両手を広げた。「おまえになにがわかる？　自分の価値観だけで物事を測ってんじゃねえぞ」

「自分の価値観？　黒人差別の象徴を無知な高校生の体に彫るのがあんたの価値観なの？　お金さえもらえればいいってもんじゃないでしょ？」

「客の個人的な事情に立ち入るほどおれは偉かねえ。だけど、刺青ってのは衝動だろ？　そもそものはじめっから間違った衝動なんだよ。おれにできるのは、その間違いに付き合ってやることだけさ。ああ、金さえもらえりゃ、おれは殭屍男孩《ゾンビボーイ》にだってしてやるね」

紋身街に住んでいる人で、その名前を知らない人はいない。本当の名前はたしかリック・ジェネストといって、刺青で顔を骸骨《がいこつ》みたいにしているカナダ人だ。もう彫るところがないくらい全身刺青だらけなので、彼のポスターを壁に貼ってそれをカタログがわりにしている店もあった。ゾンビボーイは長生きしなかった。二〇一八年に、三十二歳という若さでこの世を去った。

「あたしたちは誇りを売ってるんじゃないの？」ニン姐さんが吼《ほ》えた。「あんたがあの子に売りつけたのはね、ケニー、その誇りを木端微塵《こっぱみじん》に吹き飛ばす時限爆弾よ！」

ニン姐さんの店には墨のように黒い猫が一匹棲《す》みついていた。べつに飼っているわけではないらしく、ぼくはその猫がべつの場所で、べつの人にべつの名前で呼ばれているのを何度も見かけた。ニン姐さんはその猫を「小白《シャオバイ》」と呼んでいた。

「黒猫なのになんで小白なのさ？」

「この子は白猫なの。あたしが真っ黒に刺青をしてやったのよ」

「そんなの嘘だね！」

ニン姐さんがふふふと笑った。

「なんでそんなことをしたのさ?」

「ほかの猫に白猫だとバレないようによ」

「わかった、黒がいちばんほかの色に染まらないからだね? 白だと汚されちゃうもんね」

「そうよ」ニン姐さんは大真面目にうなずいた。「猫だっていろいろあるんだから」

西門町《せいもんちょう》はどちらかといえば浮ついた街で、一晩中騒げるようなところがたくさんある。映画館が閉まり、地下鉄がなくなり、街からすっかり人がいなくなったように見えても、若者たちは路地裏や地下で踊ったり、悪いクスリをやったり、盛りのついた猫のように色恋沙汰にかまけていた。で、朝になると、思わぬところでぶっ倒れている人を見つけてぎょっとすることがあった。

その娘《こ》がニン姐さんの店にやってくるまでに、ぼくは二度ほど彼女を見かけたことがある。いや、正確には三回だ。名前は知らない。彼女は二度ともほとんど裸同然のかっこうで、街角にへたりこんでいた。

一度目は半年ほどまえで、母ちゃんに言われて朝ご飯を買いに行ったときだった。寒波のせいで凍えるような朝だった。張《チャン》さんの店で買った包子《パオズ》と豆乳で指先をあたためながら、父ちゃんの自由時報を買おうとコンビニへ立ち寄ったとき、小白がとことこ目のまえを横切っていった。

あ、ニン姐さんの黒猫だ。そう思って眺めていると、小白が足を止めて騎楼《チーロウ》（二階部分が歩道に突き出た建物）の柱の陰をじっと見つめた。猫にはよくあることで、ぼくはあまり気にしなかったけど、それも柱から二本の脚がにょっきり突き出ているのを見つけるまでだった。

おっかなびっくり覗いてみると、女の子が気を失って倒れていた。ぼくより年上なのは間違いないけど、十五歳にも二十歳にも見えた。毛皮の襟《えり》のついた革ジャンパーを着ていて、ピンク色の短いスカートがめくれ上がって、ピンクのパンツどころかおへそまで丸出しだった。

朝の六時半に道端で倒れている女の人を見たのははじめてだったので、ぼくはどうしていいかわからなかった。しかも、ものすごく寒い日だった。家では父ちゃんと母ちゃんが熱々の豆乳を待っている。

小白がぼくを見上げ、あとはまかせた、という感じで路地へ消えていった。ぴんっと立った長い尻尾は威風堂々としていて、自分は界隈の顔役だと宣言しているみたいだった。

倒れている女の子を見下ろす。

で、これは子供が鼻を突っこむべき問題じゃないな、と思った。母ちゃんがよく言っていた。つまんないことに鼻をつっこむんじゃないよ、痛い目を見るのはあんただからね。度を越した好奇心の行き着く先は、火がつくほど痛いびんたと相場が決まっているのだ。

だから、悪いとは思ったけれど、とっとと家に帰ることにした。

コンビニで新聞を買って出てくるとパトカーが停まっていて、ふたりの警察官が彼女を見下ろして溜息をついていた。この娘で今朝は五人目だぜ、とでも言いたげに。

二度目は一カ月ほどまえで、また朝の六時半で、またもや父ちゃんの新聞を買いに行ったときだった。

彼女は地下鉄の駅の植え込みにすわって、立てた膝《ひざ》に顔をうずめて眠っていた。行き交う人たちは顔をしかめた。雨が降っていて、彼女も彼女の小さなバッグも、すこし離れたところにある彼女の白いスマホもびしょ濡れだった。

ぼくはまえにコンビニのところで倒れていた女の子を思い出した。今度の娘も短いスカートを穿《は》いていたので、ちょっと懐かしくなったほどだ。ピンクのパンツが丸見えだったから、ああ、このまえの娘とおなじ色のパンツを穿いてら、と思って見ていると、彼女がひょいっと顔を上げた。

ぼくはびっくりして目が点になった。彼女はやっぱり彼女で、ミニスカートの上にタンクトップを着ていた。両耳にはピアス屋の爛貨《あばずれ》、游小波《ヨウシャオポオ》に負けないくらいたくさんピアスをつけていた。ぼくがいままでに見た女の人のなかでは、ニン姐さんのつぎくらいに綺麗だった。

初夏の雨が降りしきるなかで、ぼくたちはしばらく見つめあった。それから彼女は難儀そうに立ち上がり、苦労してバッグとスマホを拾い上げて地下鉄のほうへ向かいかけた。

「ねえ」ふと彼女がふりむいた。「このへんに白い……ううん、黒い猫がいなかった?」

小白のことだろうか?

まるでおまえの家には貯金がいくらあるんだと訊《き》かれたような気がしたので、ぼくはかぶりをふった。

彼女はそのまま地下鉄の階段を降りていった。

三度目は、ケニーが阿華のミルクティーを買いに来たとき。まあ、このときは直接見たわけじゃないから、勘定に入れなくてもいいのかもしれない。とにかく、雨降りの地下鉄のつぎの日だった。

タピオカミルクティーのラージカップを注文したケニーが、これ見ろよ、と言って阿華にスマホを差し出したのだった。

「まえに話したろ？　これがあの売女だ」

阿華はタピオカをすくう手を休めてスマホに顔を近づけた。

「最悪だな、この女」

「昨日の朝、西門町の地下鉄んところで雨に濡れてたんだとよ」ケニーがにやにや笑った。「一晩中、武昌街のクラブにいたらしい。誰かが写真に撮ってインスタにあげたんだ」

「なんか悪いクスリでもやってんのか、こいつ？」

「ヤッたってやつの話じゃ、とにかくぶっ飛んでるらしいぜ。みんながパーティルームにいるだろ？　この女はぜんぜん気にしねえんだ。気分さえ乗りゃテーブルの下にもぐって咥《くわ》えてくれるってよ」

「そりゃ眉唾《まゆつば》だな」

「この写真を見てもかよ？」

阿華は肩をすくめ、つくりたてのタピオカミルクティーをシーラーマシンにセットした。機械が勝手に動いてカップの口に透明のシールを張っていく。

「見ろよ、小武《シャオウ》」ケニーはスマホをぼくに向けた。画面に映っているのは、あの娘に間違いなかった。「これが娼婦の顔だぞ」

「娼婦って？」

「小武にそんなもん見せんな」味がよくなじむように、阿華はカップをふりながらケニーに渡した。「おまえもこんな売女には近づくな」

「けど、いい体してるぜ！」

「この世界の罠という罠はみんな見た目がいいんだよ」

ケニーはストローをカップに挿してミルクティーをひと口すすった。ストローのなかをタピオカがおたまじゃくしみたいにのぼっていった。

「すげえきれいな肌をしてるらしいんだ」

阿華があきれて首をふった。

「勘違いすんな」ケニーが言った。「もし話が本当なら、そんな肌になんか描いてみてえと思っただけさ」

ケニーと阿華はまだ与太を飛ばしあっていたけど、自分ちの食堂で父ちゃんが手招きをしていたので、ぼくは走って帰った。

「小武、これを王阿姨《ワンおばさん》のところへとどけてこい」

ぼくは父ちゃんからビニール袋に入った弁当を受け取った。王阿姨は真善美劇院という映画館のそばで地べたに雑貨をならべて売っている四十歳か五十歳くらいのおばさんで、よくうちの店から弁当を買っていた。

人混みのなかで王阿姨を見つけると、ぼくは駆け寄って注文の品を渡した。王阿姨はスマホをいじる手を休めて代金を支払った。

「いつも悪いね、小武」

「大丈夫です」

ぼくは王阿姨の売り物を眺めた。今日は子供用の靴下を売っているようだ。神奇寶貝《ポケモン》の靴下がいっぱいあった。おや、と思ったのは、ニン姐さんの猫が品物の横で眠っていたからだ。ぼくの視線に気づいた王阿姨が訊いてきた。

「その猫、知ってるの？」

「小白です」

「ときどきふらっとやってきて、こうして寝てるんだよ……黒猫なのに小白なの？」

「ええ、まあ……じつは、こいつは――」

言い終わるまえに、あっ、と王阿姨が素《す》っ頓狂《とんきょう》な声をあげた。呆気《あっけ》にとられているぼくを後目《しりめ》に、猛然とスマホの画面に指を走らせる。

「やっぱり！」

「どうしたんですか？」

「この娘が探してるのはこの猫かもしれないね」

そう言って、画面を見せてくれた。王阿姨がフォローしている臉書《フェイスブック》に、「西門町で黒い白猫を探しています」という書き込みがあった。

「黒い白猫か」阿華が言った。「そりゃニンのところの小白のことだな」

「やっぱりそう思う？」ぼくは勢いこんだ。「でも、なんで売女が小白を探してるんだろ？」

頭をはたかれてしまった。

「そんな言葉を使うんじゃねえ」

ぼくは頭をさすりさすり、恨みがましい目で阿華をにらみつけた。

「いいか、小武、世の中にゃおれらが想像もつかねえ理由でいろんなことをやってるやつがいる。事情を知りもしねえくせに他人を批判すんな」

ぼくがなおも黙っていると、阿華は排骨飯《パイコーハン》をガツガツとかきこんだ。皿を下げてまわっていた母ちゃんがやってきて、もう一発ぼくの頭をどついた。それから阿華の肩をぽんっとたたいて奥にひっこんでいった。調理台にもたれて煙草《たばこ》を吸っている父ちゃんが言った。

「その女の子はなんでニンの猫を探してんだろうな？」

「そのへんのガキにへんなことでも吹きこまれたんじゃねえの？　そういう猫を見つけたら幸せになれるとかなんとかよ」

昼時の忙しい時間が過ぎて、店には阿華しかいなかった。午後のまぶしい陽射しのせいで、店の外が白っぽくかすんでいた。いつもより制服姿の高校生が目につく。そこらじゅうの店が好き勝手に音楽をかけるので、重低音がまるでパンチみたいに通行人に殴りかかっていた。

ピッグボーイとシーシーが連れ立ってやってきたとき、阿華は食後の一服をゆっくりと楽しんでいた。ふたりは阿華に挨拶《あいさつ》し、阿華も挨拶をかえした。シーシーが手を差し出してきたので、ぼくは彼の掌《てのひら》をパチンとたたいてやった。

「学校はどうした、兄弟？」

「頭は大丈夫、シーシー？」ぼくは切り返した。「今日は土曜日だよ」

ピッグボーイが笑った。

彼らはぼくたちの隣りのテーブルにすわり、父ちゃんに料理を注文した。このふたりは彫り師の兄弟で、ケニーの店の二軒隣りに自分たちの店をかまえて、そこを「画室《アトリエ》」と呼んでいた。阿華が声をかけた。

「よお、ニンのところの猫を探してる女がいるって知ってるか?」

「なんだそりゃ?」シーシーがそう言うと、ピッグボーイがあとを引き取った。「ニンといやあ、またケニーと喧嘩してるぜ」

「いまか? なにがあった?」

「何日かまえのことさ」

ぼくは俄然、聞き耳を立てた。

「飼い犬に刺青を入れてくれって客がケニーの店に来たんだ」ピッグボーイがつづけた。「女の客なんだが、自分とおそろいの刺青を犬に入れようとしたんだ」

「なんて馬鹿なんだ!」父ちゃんが叫び、いつもより乱暴に包丁で鶏腿肉をぶった切った。「そんな馬鹿なやつがこの世にいるなんてな!」

「そのうち犬をルイ・ヴィトンのバッグみたいにしてくれってやつも出てくるぜ」

シーシーがそう言うと、みんなが深い溜息をついた。

「で?」と阿華。「ケニーが彫ることになったんだな?」

「女が麻酔医を連れてくるんだとよ」

ぼくは店を飛び出し、薄暗い紋身街に駆けこんだ。全力で走ったので、ケニーの店まで二十秒もかからなかった。怒鳴り声が店の外まで聞こえていた。

「あんた、頭がおかしいの⁉」ニン姐さんが腕をふりまわしてわめいた。「刺青っての は覚悟の証《あかし》でしょ? 動物にどんな覚悟があるっていうの?」

「だって犬なんだぜ!」ケニーも負けちゃいなかった。「もっとひどい目に遭ってる犬だっているんだぞ!」

「動物虐待よ!」

「やい、ニン、香肉《犬肉》を食ったことがねえとは言わせねえからな!」

「食べたわよ! それがなによ? それとこれとはぜんぜん話がちがうでしょ⁉」

「あの馬鹿女を見たろ? 刺青を入れなきゃ、あの馬鹿女は犬に飽きて捨てちまう……黙って話を聞け、いまはおれが話してんだ。たとえばの話だよ、たとえばの話、あの女に捨てられちまったら、あの犬は野垂れ死ぬか保健所に捕まって薬殺される。だったら、刺青を入れてやるのが情けってもんだろうが」

「あんたには倫理ってもんがないの?」

「おれらはみんな自分の考えで商売をやってる。みんなそうやって生きてる。おまえがとやかく言うこっちゃねえんだよ！」

　ニン姐さんはスツールを蹴飛ばし、肩を怒らせてケニーの店を飛び出した。涙ぐんでいるように見えたので声をかけようとすると、「滾開《どけ》」となぎ払われてしまった。とてもショックだったけど、ニン姐さんのことは嫌いになれないので、かわりにケニーを憎むことにした。ぼくは突進し、ケニーの向う脛《ずね》を思いっきり蹴飛ばしてやった。「幹《くそ》！」やつが悲鳴を上げ、片脚でぴょんぴょん飛び跳ねた。「小武、戻ってこい！首をひっこぬいてやる！」

　ぼくはまた二十秒全力疾走してうちに帰った。うちの父ちゃんはなかなか怖いので、ケニーが追いかけてこないことはわかっていた。

阿華はもう自分の屋台に戻っていて、ピッグボーイとシーシーが父ちゃんの鶏腿飯《ジートゥイハン》をもりもり食べていた。小白がいたので頭を撫でてやると、猫は大の字にひっくり返ってもっと撫でろと要求してきた。小白がこんなふうに甘えるのは珍しいことだった。

　彼女がとうとうニン姐さんの店を探しあてたのは、そんなことがあった数日後のことだった。

それは火曜日の夕方で、ぼくはうちの手伝いをうっちゃってニン姐さんといっしょに絵を描いていた。ぼくはサメの絵を描いていて、ニン姐さんはパソコンを使って鱗《うろこ》がたくさんある立派なドラゴンの絵を描いていた。

西陽が窓から射しこみ、壁の柱時計が色褪《いろあ》せた時間を刻んでいた。窓辺の鉢植えのなかで、仙人掌《サボテン》が黄色い花をつけている。なにかを失ってから不意に悲しみとともに思い出す、そんな何気ないけれど満ち足りた午後だった。

ドアをガリガリひっかく音がした。ぼくが開けてやると、小白がするりと入ってきた。そのうしろに彼女がいた。

「ここが猫眼紋身工作室ですか？」

ニン姐さんがパソコンから顔を上げ、眼鏡をかけなおした。

「あなたが彫り師？」

「答えはどちらもイエスよ」そう言って、肩をすくめた。「誰の紹介？」

「じゃあ、あなたが猫に刺青を入れてくれる人？」

ニン姐さんが目をすがめた。

「どこかで小耳にはさんだんです」彼女は店に足を踏み入れた。「本当は白猫なのに、黒猫にされちゃった猫の話。それがこの子なんですね」

で、その小白はといえば、ソファの上に跳び上がってぼくの横で毛づくろいをしていた。彼女はぼくをちらりと見たけど、ぜんぜん憶えていないみたいだった。

「あたし、刺青を入れるならぜったいあなたに入れてほしいと思いました。だから、ずうっとこの猫を探していました」

「あなた、いくつ？」

「十七です」

「だったら、わかるでしょ？」ニン姐さんが小白を顎《あご》でしゃくる。「この猫は刺青なんか——」

「わかってます。でも、とても素敵な話だと思いました。ほかの猫に白猫だとバレないように黒くしてあげたなんて……だって、黒い猫のほうがぜったい生きていくのがうんと楽なはずだもん」

彼女にむけられるニン姐さんの目は冷ややかだった。今日はピンク色のスカートではなく、黒い細身のジーンズに、2サイズくらい大きいTシャツを着ている。ほとんど化粧もしていなくて、赤い筋のある髪の毛をざっくりひっつめていた。

「なぜ刺青を入れたいの？」

「黒くなっちゃえばもう汚れないから」

「悪いけど、紹介がない人には彫らないことにしてるから」

「お金なら持ってます」

「そういう問題じゃないの」

「わかってます」

「刺青は人を生かすものだとあたしは思ってる」ニン姐さんが言った。「それがないと生きていけない人しか入れちゃいけないものなの。刺青なんか必要でもなんでもないのに、必要なふりをしてる人はたくさんいる。ただのファッションで入れたいなら、そのへんに店がいくらでもあるわよ」

「死のうと思ってました」

　黒縁眼鏡のレンズが光をはじき、ニン姐さんの目を隠す。

「でも、あなたに彫ってもらえるなら……」彼女は大きく息を吸った。「あなたじゃないとだめなんです。ほかの人じゃ意味がない」

「意味？　あたしが彫ることにどんな意味があるというの？」

「あなたにとって刺青は物語でしょ？」

「……………」

「うまく言えないけど……あたしの物語を消すために、あなたの描く物語がほしい」

　小白は体を丸めて眠っている。ニン姐さんはかなり長いあいだ黙っていた。柱時計が鐘をひとつ打ち、その残響のなかでなにかが凝《こご》っていくのがわかった。

「どこに彫ってほしいの？」ニン姐さんが溜息をついた。

「顔」彼女は揺るぎなく答えた。「顔に彫ってほしい」

　ぼくはごくりと固唾《かたず》を呑んだ。

「この刺青であたしがどれだけ生きられるかはわかりません」彼女が言った。「でも、すくなくとも彫りあがるまでは死にません」

「あたしの絵を体に刻んで死ぬなんて許さない」

「でも、嘘はつけないから」

「顔に入れてほしいのね？」

「はい」

「どんなふうにしてほしいの？」

「あの猫みたいに」彼女は小白に目を走らせた。「うん、あの猫みたいな物語がいい」

　小白は眠ったまま、まるで人間の言葉がわかっているみたいに尻尾をぱたぱたさせた。そんなに言うならやってみれば、と言っているみたいだった。言うまでもないことだけど、黒い白猫の伝説なんて、小白にはなんの関係もないのだ。

「彫るまえにあんたのことを聞かせてもらうわよ」

彼女がうなずいた。

「小武」腕まくりをしながら、ニン姐さんが押し殺した声で命じた。「あんたはもう帰んな」

交渉の余地など微塵もなさそうだったから、ぼくは言われたとおりにした。

だから、あとのことは知らない。ただ、薄暗い店のなかで、シャツの袖をめくるニン姐さんの腕に目を奪われていた。ニン姐さんは長い髪を束ね、ペン立てから鉛筆を取って簪《かんざし》がわりにした。それから、どんな物語にも汚されていない白い腕で、彼女をカーテンで仕切られた店の奥へと招き入れたのだった。


いろんな人がいろんな理由で紋身街にやってくる。最近は日本人や韓国人もいる。いろんな人がやってきて、いろんな場所に刺青を入れていく。ケニーやビッグボーイたちの与太話を聞いていると、顔に刺青を入れた人の話もまったくないわけじゃない。

「自分自身への死刑宣告みてえなもんさ」阿華が知ったかぶりをした。「顔に刺青を入れるやつってのは、間違いなく自分に死刑宣告しようとしてんだ」

「生きていける場所をもぎ取ろうとしたんだ」ケニーが分析した。「おれにはわかるんだ。あの女はそのために境界線を越えなきゃならなかったんだよ」

季節はうつろい、秋風が立ちはじめたころ、西門町で〈猫女孩《キャットガール》〉のことが噂《うわさ》になった。どうやら目元に猫のような隈取《くまどり》を入れた女の子がクラブに出没して、男たちを虜《とりこ》にしているらしい。キャットガールはとっかえひっかえ男たちと踊り狂い、気がつけばまるで猫みたいにいなくなっているという話だった。

やがてキャットガールはテレビにも出るようになった。芸能人たちに混じって笑いさざめき、ヒップホップの配信楽曲に参加したりした。彼女の没大没小《礼儀知らず》な態度と、悪趣味で奇抜で原色使いの服装に女の子たちが夢中になった。コンビニにならぶ雑誌の表紙を飾ったりもした。

ゴシップ好きのメディアが、どこからか彼女の裸の写真を掘り出してきて大々的に報じた。中学二年生のとき、彼女は学校の先生と付き合っていた。教師のほうは家庭持ちだった。それがバレて教師は飛び降り自殺し、彼女は家出して台北に出てきた。裸の写真は台北で知り合った不特定多数の男たちのひとりが、彼女が眠っているときに撮ったものだった。

だけど悪意ある報道もなんのその、ファッションリーダーとなったキャットガールを貶《おとし》めることはできなかった。顔の刺青があらゆる攻撃を撥《は》ね返してくれた。彼女はますます奔放にふるまった。ゴシップを口紅みたいにつけかえた。イケメンの芸能人と付き合い、追いかけてくるカメラにはあっかんべえをした。バラエティ番組では司会者のかつらをむしり取り、共演者に聞くに堪《た》えない悪態をついた。やりたい放題のキャットガールを見ていると、刺青には意味も力もあるように思えた。

「顔に刺青を入れた時点で一度死んでるからな」お客さんの注文をこなしながら、店のテレビを横目で観ていた父ちゃんがそうつぶやいた。「どんな侮辱も死人を傷つけることはできないんだ」

阿華が言うように、刺青は彼女の言い訳だったのかもしれない。キャットガールはスキップをしながら、まるで春風みたいに失敗への坂道を駆け下りていった。

それが彼女の物語だった。

そして気がつけば、みんなキャットガールのことを忘れていた。それはもう、すがすがしいほどに。まるでそんな人なんかそもそもこの世に存在していなかったかのように。

「ああ、あの馬鹿女のことか」阿華でさえミルクティーをつくりながらそう言った。「Born This Way はレディー・ガガにまかしときゃいいんだよ」

「他人を楽しませることでしか自分自身を肯定できないやつは、けっきょく本当の自分を否定してんだ」シーシーが首をふった。「ゾンビボーイを見なよ。顔の刺青ってのは、否定の修辞学なんだ」

それでもぼくは、名前すら知らないあの女の子のことがしばらく頭から離れなかった。ネットにはいまも彼女の写真が、まるで永遠に枯れない花みたいに置き去りにされている。真っ赤な唇を突き出したキャットガール、ソフトクリームを持ったキャットガール、サングラスをかけたキャットガール、パステル色のスカートをひらめかせるキャットガール、男たちといっしょのキャットガール。けれど、ぼくの知っているあの女の子はどこにもいなかった。凍えそうな寒い朝に彼女は街角で気を失い、初夏の雨に打たれて途方に暮れていた。

黒い白猫になろうとした。

彼女が死んだという噂は聞かなかったけれど、どこかで生きているという話も耳に入ってこなかった。どっちにしても、とぼくは思った。生まれかわるために試みるあらゆることは、つねに死と隣り合わせなのだ。

「なあ、小白」たまたまそのへんを歩いていたニン姐さんの猫を、ぼくはさっと捕まえた。「あの女の子はどうしてるんだろうな」

小白は体をよじって逃げていった。ぴょんぴょん飛び跳ねて、屋根の上を歩いていってしまった。猫には猫の考えがあって、顔に刺青を入れた女の子がどうなろうと知ったこっちゃない。それとおなじように、顔に刺青を入れた女の子にも彼女なりの考えがあって、たぶんぼくたちがそれを理解することは永遠にないのだ。

珍しくニン姐さんとケニーがいっしょに昼ご飯を食べにきた。

「おれはじいさんのほうを彫る」ケニーが言った。「ばあさんのほうはおまえがやってくれ。ほかの男に自分の女の肌を見せたくねえんだとよ」

「わかった」ニン姐さんが言った。「あとでモチーフと色を決めましょう」

ふたりの話に聞き耳を立てていると、どうやら八十歳のおじいさんが、やっぱり八十歳のおばあさんに刺青をプレゼントしようとしているみたいだった。

「よう!」阿華が自分の屋台から呼びかけた。「おまえら、今日は仲がいいじゃねえか!」

ニン姐さんとケニーはそちらを一瞥《いちべつ》しただけで、ぜんぜん相手にしなかった。

神様が行方不明

うちの店からときどき出前を取ってくれるので、ぼくは孤独《グウドウ》さんのことをよく知っているのだけれど、そうじゃなくてもたぶんいつかは知っていたと思う。

だって、あの年、孤独さんは離家出走《家出》した神様を土地公廟《とちこうびょう》に連れ帰ったのだから。

孤独さんは武昌街、通称電影街《でんえいがい》の片隅に薄汚い事務所をかまえている。せまくって、映画に出てくるような探偵用の大きな机なんか置けないくせに、そこが住居も兼ねているものだから、はじめて孤独さんに仕事を依頼する人たちはみんなびっくりしてしまう。本当におまえが探偵か？　という目で孤独さんをじろじろ見てしまう。

　孤独さんはといえば、もし依頼人がやって来たのが午前中だとしたら、応接ソファ兼ベッドからむっくり起き上がり、寝癖のついた頭をぽりぽりかき、そして商売っ気のない不機嫌な目で彼らを見上げる。

「でも、けっこう繁盛してるみてえだぞ」と阿華《アファ》は言っていた。「台湾じゃ物事はいつだって誰かの紹介で動くからよ」

つまり、孤独さんの探偵事務所を訪れる人たちは、紹介者の顔に泥を塗るわけにはいかない。そこでとりあえず話だけでもということになるのだけれど、そうするとたいていの人は孤独さんを気に入って仕事をたのんでいく。

「なんで孤独って言うの？」ぼくは阿華に訊いてみたことがある。「孤が姓で、独が名前なの？」

「そんなわけあるか。あの人の本名は龍礼《ロンリィ》ってんだ。たしかケニーの中学の先輩かなんかさ」

紋身街《もんしんがい》で彫り師をしている百貫《ひゃっかん》デブのケニーは、仕事がないときは阿華の屋台で買った珍珠奶茶《タピオカミルクティー》を飲みながら、よくうちの店で油を売っている。だいたいは父ちゃんが相手をするのだけれど、ケニーが帰るといつも溜息をついて、あいつみたいにはなるなよと言った。

「で」と阿華はつづけた。「名前の音が英語の lonely に似てるってんで、中学のころに孤独って渾名《あだな》をつけられたんだとよ」

その孤独さんの事務所には風がぜんぜん入ってこない小さな窓があって、そこから武昌街の映画館の電飾看板が見えた。

「絵みたいだろ」弁当を持っていったぼくに孤独さんは言った。「夜になるとスポットライトがあたってきれいなんだ」

ずっとのちに——つまりぼくが大学生になってからという意味だけれど——保羅奥斯特《ポール・オースター》の『月宮《ムーン・パレス》』という小説を読んだとき、ぼくが思い出していたのは孤独さんのこの部屋のことだった。本ばかり読んでいるその小説の主人公も小さな窓のある部屋で暮らしていて、その窓から〈MOON PALACE〉という名前の中華料理店の看板が見えるのだ。孤独さんの部屋にも古い本がたくさんあった。そのせいで、小説の主人公と孤独さんの面影が重なることが、いまでもある。あのころのぼくは、孤独さんは探偵をやるよりゴミあさりをしているほうがお似合いだと思っていた。

一度、学校の写生大会で植物園に行ったとき、蓮池のそばのベンチに腰掛けてぼうっとしている孤独さんを見かけた。よれよれの水色の長袖シャツを着ていて、髪はぼさぼさで、銀縁眼鏡は脂で濁《にご》っていた。ぼくは近づいていって声をかけた。

「なにしてんの？」

孤独さんはふりむき、口をあまり動かさずにしゃべった。「むかし読んだ本のことを考えてた」

「なんの本？」

「子供には言えない」

「わかった、助平な本だね」

「ちがう」

「いまどき誰もそんなもの見ないよ。インターネットでいくらでも見れるじゃん」

「そういうことじゃないんだ」すこしためらってから、孤独さんは切り出した。「品物の本当の価値は、その品物にまつわる物語や思い出で決まるんだ」

「太陽にあたりすぎたんだ！」ぼくは心配になった。「孤独さん、日陰にうつったほうがいいよ」

「たとえば、なんの変哲もない野球のバットでも、すごい選手が使ったものだったら価値を持つ。それが品物の本当の価値なんだ。死んだ人の形見だってそうだ。いくらおなじものがあったって、その人の持ちものじゃなければ価値はない」

「助平な本と関係ないじゃん」

「そういう本に写っている女の子たちにだって物語がある」孤独さんは言った。「どんな事情があってカメラのまえで服を脱ぐことになったのか、それを感じとることに意味があるんだ」

「やっぱり助平な本のことを考えていたんだ」

「ちがう。きみにわかりやすいように話しただけだ」

イライラしてきたので、ぼくは意地悪を言った。「じゃあ、宇宙は？」

「宇宙……」

「宇宙の本当の価値ってなんなのさ？」

孤独さんは眉間《みけん》に深いしわを寄せて考えこんでしまった。ぼくは肩をすくめ、友達のところへ戻っていった。

水彩で蓮の花を描きながら、孤独さんが日射病で倒れてやしないかとやきもきしたけど、孤独さんはただベンチにすわっていて、ぼくたちが写生を終えて学校へ帰るときも、まだすわっていた。


ぼくは孤独さんの不可思議な特技にうっすら気がついていたけれど、とりたてて言うほどのことでもないと思っていた。

あるどんより曇った昼下がりに、顔見知りの彫り師たちがたまたまみんなうちに昼ご飯を食べにきた。彫り師たちは店のすく時間帯をよく知っているので、こういうことは珍しくなかった。

土曜日とあって、西門町《せいもんちょう》は学校帰りの高校生たちの姿が目立った。午後二時の回の映画がはじまったばかりで、映画館のまえにたむろしていた人たちがいなくなると、街がすこしだけきれいになったような気がした。

「映画ってのは犬の糞みてえなもんだな」人心地ついた阿華がよっこらしょと自分の屋台の椅子にすわり、足を組んで新聞を広げた。「栄養があると思ってんのは蠅《はえ》みてえなやつらだけさ」

彫り師たちはとうのむかしに阿華の口の悪さには慣れっこになっていたので、これくらいのことでは誰も返事すらしなかった。

節電のために電気を消していたので、店のなかは薄暗かった。彫り師たちは自分の内側にこもって図案のことや、刺青を入れにくる人の人生について考えながら、別々のテーブルで排骨飯《パイコーハン》や鶏腿飯《ジートウイハン》を静かに食べていた。天井付近に取りつけた扇風機だけがぶんぶんまわっていた。

ぼくはテーブルに頬杖をついて、表通りをぼんやり眺めていた。こういうときこそスマホゲームの出番なのに、スマホが子供の前頭葉に悪影響をあたえると信じている父ちゃんは、高校生になったら自分で働いて買え、誰にもおれの考えを変えることはできないその一点張りだった。

あまりにも暇なので阿華のスマホを借りて遊ぼうかと考えていたとき、雑踏のなかを亡霊のようにふらふら歩いていく孤独さんを見かけた。まだ九月で、気温だって三十度を下らないのに、もう厚手の黒い背広をひっぱり出して着ていた。もしこれで熱中症にかかったとしても、自分以外に誰も恨むことはできないだろう。

孤独さんは人混みのなかで立ち止まり、両手を拝むように合わせて口にあて、そして低く垂れこめた雲を仰ぎ見た。行き交う人々が怪訝《けげん》そうに眉をひそめて彼を避《よ》けていく。事情を知らない人には孤独さんが急に祈りだしたように見えるかもしれないけど、ぼくはまえに見たことがあった。

孤独さんはしばらく待ってから、またおなじことをやった。それから足を引きずって、漢中街を武昌街のほうへ歩いていった。

「よお、いまの孤独さんだろ?」喜喜《シーシー》がワンタンスープをすすりながら、お兄さんの猪小弟《ピッグボーイ》に訊いた。「なにやってたんだ、あの人?」

「ありゃ野良犬を呼んでんだ」横合いから口を出したのは、デブのケニーだった。「どうやってんのか知らねえけど、孤独さんがあのポーズをすると野良犬が寄ってくるんだ」

「ものすごく脚の短い犬でしょ?」寧姐《ニン》さんが言った。「ああやって犬笛みたいな音を出してるんだと思う」

「なんで野良犬なんか呼ぶんだ？」とピッグボーイ。「餌《えさ》でもやってんのか？」

　誰もなにも言わないので、ぼくが言った。「ときどきうちに豚の骨をもらいにくるよ。阿華が言ってたんだけど、たぶん孤独さんは誓いを立ててるんじゃないかって――ねえ、阿華！」

「ああ？」路地のむこうで阿華が新聞から顔を上げた。「なんだ、小武《シャオウ》？」

「まえに孤独さんはなにか誓いを立ててるから野良犬の面倒を見るんだって言ったよね？」

「そんなこと言ったか？　まあ、そうかもしれねえってことだろ」

「どんな誓いなのさ？」

「知るかよ」

「むかしはそこらじゅうに野良がいて徒党を組んでたがな」

　調理台に寄りかかった父ちゃんが懐かしそうにそう言うと、シーシーがあとをつづけた。「最近の野良犬はみんな薬殺されちまうから、孤独さんはそれが忍びねえのかもな。孤独さんが犬を呼ぶところを見たことがあんのか、小武？」

「出前を持っていったとき、孤独さんがさっきみたいに手を合わせてそのなかにふうっって息を吹きかけたんだ。そしたらどこからともなく犬がやってきて、尻尾をぱたぱたふって孤独さんから骨をもらってたよ。白に黒い斑《ぶち》がある犬さ」

ピッグボーイとシーシーがうなずいた。

なに、いまの？　そのとき、ぼくは泡を食って孤独さんに尋ねたものだ。孤独さん、犬が呼べるの？　声なんか出てなかったじゃん！

犬は人間には聞こえない音が聞こえるんだ。犬に弁当を分けてやりながら、孤独さんが教えてくれた。世界はぼくたちには聞こえない言葉で満ちているんだ。

え？　え？　どんな犬でも呼べるの？

やろうと思えばできなくはない。

わああ、すっげえや！

多少、時間はかかるだろうけど。

でも、孤独さん、野良犬に食べさせたお箸《はし》でご飯を食べないほうがいいよ！

「馬鹿馬鹿しい」ケニーが鼻で笑った。「現実逃避さ。野良犬なんかたすけたって、なんにも変わりゃしねえ。みじめなやつはみじめなままだぜ」

「おまえはな、ケニー」阿華があきれ顔で言った。「抽象的な話ができねえから、それを刺青でごまかしてんだよ」

「なに言ってやがる」ケニーがむっとした。「刺青ってのは生き様だぜ。曖昧《あいまい》なところなんかこれっぽっちもねえんだよ」

「おまえの店の客筋を見てりゃわかるぜ。おまえが彫る刺青とおなじで、どいつもこいつもハッタリ屋ばかりだ。刺青を入れて誰かをびびらせてやろうってやつばっかじゃねえか」

「喧嘩売ってんのか、この野郎……」

「まあ、それがおまえの可愛いところなんだがな」

「阿華が言いたいのはね」ニン姐さんがケニーを憐れむように見やった。「刺青だって現実逃避なんじゃないかってことよ。だったら孤独さんが野良犬を憐れむのと、あんたが体中を彫り物だらけにするのと本質的にはおなじだってこと」

「刺青は現実だろうが」

「その現実の裏に抽象的な信念がなきゃ、刺青なんかただの落書きだわ」

ピッグボーイとシーシーがうなずき、阿華はまたぞろ新聞に目を落とし、ニン姐さんはお金を払って店を出、ケニーはこんなやつらにはかまっていられないという不貞腐《ふてくさ》れた態度で排骨飯をかきこんだ。

紋身街はちっぽけな短い通りなので、とりたてて話題にならないようなことでも案外みんな知っていて、なのにたいていのことはやっぱり話題にするまでもないのだ。

ところで、チンピラの鮑魚《アワビ》はしみったれで、しかもやることなすこと小さかった。堅気の阿華のほうがよっぽど俠気《おとこぎ》があるので、アワビのやつはそこにつけこみ、阿華のタピオカミルクティーを飲むのに一度もお金なんか払ったことがなかった。いつもふらりとやってきては「阿華哥《兄さん》」と頭を下げ、あとは「暑いなあ」とか「喉《のど》が渇くなあ」などとぐだぐだ言ってさえいれば、阿華のほうが気を利かせて飲み物をつくってやった。

「かわいそうなやつなんだ、アワビの野郎は」

「あいつのことを知ってんの、阿華？」

「知るわけねえだろ、あんなくそヤクザ」

「じゃあ、なんでかわいそうなんて言うのさ」

「ああいうふうに他人の善意をあてにする生き方しかできねえやつは、みんなかわいそうだからだよ」

アワビは他人の善意をあてにするだけでなく、力ずくでその善意をぶんどったりもする。すこしまえにビッグボーイとシーシーの彫り師兄弟が「いま刺青を入れると、高校生にかぎり星をひとつプレゼント」という反社会的なキャンペーンをやったときも、高校生でもないくせにわざわざ紋身街へ押しかけてきて、恥知らずにもピッグボーイたちを脅し、足の甲に誰よりも立派な流れ星をただで彫らせた。

「シーシーの面《つら》を見せたかったぜ！」入れたばかりの星を父ちゃんに見せびらかしながら、アワビは心底愉快そうに笑った。「怒鳴りつけてやったら目を白黒させてやがった。それにしても、老板《大将》、ここのフライドチキンは絶品だな。ごっそさん、また寄らせてもらうぜ」

父ちゃんが肉切り包丁をドンッとまな板にたたきつけると、アワビがぴょんっと跳び上がった。

「な、なんだよ、老板《ラオバン》……」

しどろもどろになっているアワビに、父ちゃんは静かにフライドチキンの料金を告げた。アワビの目は父ちゃんから包丁、それから腕組みをしている母ちゃんのほうへ流れ、けっきょくへらへら笑いながら食事代をぼくに手渡した。

「釣りはいらねえぜ」

「かっこつけるほどのお釣りでもないけどね」

するとアワビは憎々しげに歯を剝《む》き、自分がどれほど不当に扱われたか、どれほどうちのフライドチキンが小さくなったかをぶつぶつ毒づきながら、店を飛び出していくのだった。

「よく見とけ、小武」父ちゃんが溜息をついた。「人間、ああいうふうになったらおしまいだぞ」

紋身街には「ああいうふうになったらおしまい」のお手本のような人たちがたくさんいた。ともあれ、阿華も父ちゃんもアワビのことをそんなふうに言っていたので、子供のぼくがやつを人間のクズだと思ってしまうのも、致し方のないことだった。


いつものらくらしているアワビのような腐れは語るほどのこともないのだけれど、とある土地公廟の御本尊が家出をしたというので、親分から草の根を分けても福徳正神（土地公のこと）を捜し出して連れ戻してこい、さもなきゃおまえの脚をたたき折ってやるぞと言われたときばかりは、さすがに目の色を変えて東奔西走した。

土地公廟というのは、お百姓さんたちが勝手につくった廟のことだ。祀られている土地公も道教の神様たちのなかでは下っ端で、だから人間にとても近いんだと父ちゃんが言っていた。勝手気ままなところがあって、人の迷惑も考えずにふらふら遊びに出かけたりする。ぼくたちが学校をぬけ出してゲーセンとかで遊ぼうものなら先生にぶっ飛ばされるのがおちだけど、神様をぶっ飛ばすわけにはいかない。人々はとにかく土地公が廟をこっそりぬけ出したりしないように日夜好物を供え、香火を絶やさず、奥さんを娶《めと》らせたり、奥さんひとりじゃ満足できんかもしれんと年寄りが嘯《うそぶ》けば、さっさとお妾《めかけ》さんをあてがったりするのだった。それもこれも土地公に落ち着いて仕事をしてもらうためで、台湾には千三百を超す土地公廟があると言われていた。つまり、とぼくは思った。その何十倍、何百倍もの信者たちが土地公にいいようにふりまわされているんだな。

アワビの親分の黒道《やくざ》も御多分に洩れず、仁義に欠けるところは信仰で埋めあわせればいいという考えだったので、たとえ死んだところでさして心も懐も痛まないアワビのような使い捨ての駒に土地公捜しを命じたのだろう。

「阿華哥！　阿華哥！」アワビは阿華に泣きついた。「ここは是非ともおれをたすけてくれなきゃいけないぜ！　もし土地公を見つけだして廟に連れ戻すことができりゃ、親分もおれのことを認めてくれる。けど、もししくじったら――」

「一生うだつのあがらないチンピラだね」ぼくはアワビのためを思って言ってやった。「アワビ、もう田舎に帰ったほうがいいんじゃないの？」

「閉嘴《やかましい》、臭小子《くそガキ》！」どやされてしまった。「なあ、阿華哥、なんかいい知恵はねえのかい……」

「いい知恵つってもなあ……女で釣ってみるのはどうだ？」

「それはもうやった。すこしまえにうちの親分が金を出して大陸から小老婆《妾》を連れてきたけど、それでも戻らねえんだ」

「だいたいどうやったら神様が廟にいるかどうかなんてわかるんだよ？」

「その廟の本堂は密閉空間なんだ。もちろん空調設備もねえ。で、蠟燭《ろうそく》が一本、土地公のまえに立ってる。その蠟燭の火が出入口のほうに倒れりゃ土地公が出かけたことになるし、反対のほうに倒れりゃ土地公が帰ってきたことになるんだ」

それはもっともな話だなとぼくは思った。空気の動かない部屋のなかで蠟燭の火が動けば、そこにはなにかがいるにちがいない。

「夜のうちに帰ってきてて、みんな気がついてねえだけなんじゃねえのか？」阿華は投げやりだった。

「だとしたら、こんなに長いあいだご利益《りやく》がねえのはおかしい」アワビがかぶりをふった。「とにかくうちの親分も廟を管理してる年寄りどもも、土地公がいなくなっちまったって騒いでんだ」

阿華は腕組みをしてうーんと唸《うな》り、「じゃあ、あとは好きな食いもんで釣るしかねえんじゃねえか？」

「土地公はなにが好きなんだよ？」

「たしか軟らかいピーナッツ飴《あめ》だったかな」

「軟らかいピーナッツ飴……」

「あとは果物とかだろ。三太子《さんたいし》（『西遊記』や『封神演義』にも登場する道教の少年神、哪吒（なた）。火を放つ槍を持ち、二個の車輪が火炎と風を放つ乗り物に乗っている）もバナナが好きだって話だしな」

「果物にもいろいろあるぜ」

「パイナップルはだめだよ」と、ぼく。「土地公は酸っぱいものが嫌いだって父ちゃんが言ってたから」

「本当か、ガキ？」

そこの路地裏に美味《おい》しいピーナッツ飴を売っている評判の屋台があるよと教えてやると、アワビのやつ、サンダルを蹴り飛ばして猛然と突進していった。

「オヤジ！　オヤジ！　軟らかいピーナッツ飴をぜんぶくれ！　硬いのはダメだ、軟らかいのじゃなきゃダメだからな！」

ぼくと阿華は顔を見合わせた。

「わかるか、小武？」

「うん。他人に金玉を握られるような生き方をしちゃいけないってことだよね」

「聡明《えらいぞ》」

ピーナッツ飴の袋をどっさり抱えたアワビが帰ってくる。いまごろピーナッツ飴屋台のオヤジは、ほくほくお金を数えていることだろう。

「ほかは⁉」と戦車みたいに意気込むアワビ。「土地公はほかになにが好きなんだ⁉」

「いま思い出したんだが、たしかタピオカミルクティーも大好物だったんじゃねえかな。な、小武？」

ぼくは力強くうなずいた。

「マジかよ？」さすがのアワビも疑わしげに目をすがめた。「だって、タピオカミルクティーなんて現代の飲みものじゃねえかよ」

「幹《くそ》！」阿華が大喝した。「こっちは親切で教えてやってんだ。ピーナッツ飴を食ったら喉《のど》が渇くんだ。てめえは渇かねえのかよ。你他媽的《このやろう》……このおれが嘘をついてるって言いてえんだな？　そういうことなんだな？」

その剣幕にアワビがたじたじになった。いや、べつに阿華哥を信じてねえわけじゃ……とかなんとか言いつくろった。

「土地公はタピオカミルクティーが好きなんだよ！　おれの言うことが信じられなきゃ、もう二度とこのへんをうろつくんじゃねえぞ。今度てめえの面を見かけたら、ただじゃおかねえからな」

「いやいやいやいや！」

「さあ、買うのか買わねえのか、はっきりしやがれ！」

こうして阿華は、それまでアワビにただ飲みさせてやったぶんをちゃっかり取り返しただけでなく、しばらくタピオカの仕込みがおっつかないほど商売が繁盛したのだった。アワビは毎日タピオカミルクティーを買えるだけ買っていった。お供えするにしても多すぎるのか、タピオカミルクティーを飲みながら西門町をのし歩くやつの兄弟分たちをときどき見かけた。

ぼくと阿華はハイタッチをした。廟をぬけ出した土地公は、阿華のところにいるのかもしれない。だって、土地公は財神でもあるのだから。

「誰があの野郎に孤独さんのことを教えたんだ？」

阿華の問いかけに、シーシーはタピオカ豆乳ミルクティーをちゅうちゅう吸いながらかぶりをふった。ピッグボーイのぶんの鉄観音《てつかんのん》ミルクティーを刺青だらけの手に持っていた。ピッグボーイは糖尿病なので、無糖のタピオカなしを注文するのが常だった。

「でも、孤独さんもまさかそんな依頼は引き受けねえだろ」と阿華。

「でも、相手はアワビだからな。知ってるだろ？　あいつは弱いやつにはめっぽう強いんだ」

「あの野郎、孤独さんに脅しをかけてんのか？」

そんなことは老天爺《神様》にでも訊いてくれという感じで、シーシーが肩をすくめた。

どんないきさつがあったのかは知らないけれど、神様を捜し出して連れ戻せという無理難題に崖っぷちまで追い詰められたアワビは恥も外聞もなく縁故をたより、なりふりかまわず江湖《渡世》の義理にすがり、蜘蛛《くも》の糸よりも細いつてを遮二無二たぐって、どうやら孤独さんの事務所にたどり着いたようなのだ。

つぎの日の夕方、茉莉花《ジャスミン》ミルクティーを買いにきたニン姐さんを見かけたので、ぼくは店の手伝いをほっぽり出して阿華の屋台へ駆けつけた。

「どうやらケニーが孤独さんのことを教えたみたい。まえに孤独さんのところにヤクザの人がこれくらいの――」ニン姐さんは目に見えないドッジボールを持っているみたいに両手を広げた。「亀を連れてきたことがあるんだって」

「亀？」

「夜中だったらしいんだけど、病気の亀を治してくれる医者を探してほしいという依頼だったそうよ」

「マジか？」阿華の声が高くなった。「で、孤独さんは亀の医者を見つけてやったのか？」

「たぶんね。とにかく、その話をケニーがアワビに漏らしたものだから……藁《わら》にもすがるってやつね」

それだけ言うと、ニン姐さんは形のよいぷっくりした唇にストローをくわえ、ジャスミンミルクティーを飲みながら紋身街の暗がりへと帰っていった。ニン姐さんは甘党なので、いつも全糖をたのむ。阿華のところの全糖は一杯で台北じゅうのアリをみんな幸せにできるくらい甘いので、ぼくは母ちゃんから飲むのを禁じられていた。

それからさらに二日後、今度はケニー本人がやってきた。とても暑い木曜日で、ぼくはちょうど学校帰りに阿華のスマホで遊ばせてもらっていた。

「おまえがアワビのやつに孤独さんを紹介したらしいな」

荔枝《ライチ》ミルクティーをつくりながら、阿華がとがめるような口調で言った。冷たいものは体に毒だと信じているケニーは脂肪まみれの太っちょのくせに、どんなに暑い日でも氷なしで飲み物をつくってもらうのだ。

「氷より砂糖をぬいてもらったほうがいいよ、ケニー」

ぼくがそう言うと、阿華も同意を示した。

「べつに紹介したわけじゃねえし」ケニーは汗をかきかき、生温かいライチミルクティーをすすった。「おれは孤独さんがまえに逃げ出したペットの貂を見つけたことがあるって言っただけさ」

「亀だろ？　病気の亀を診《み》てくれる医者を孤独さんがヤクザ者に紹介したんだろ？」

「はあ？　誰がそんなこと言ったんだよ？」

「だって、ニンが……なあ、小武」

ぼくはケニーを見上げてうなずいた。「夜中にヤクザ者が亀を連れて孤独さんのところにきたって」

「幹《くそ》！」ケニーが舌打ちをした。「あの女、人の話を半分も聞いちゃいねえな……どう聞き間違えたら貂《ディアオ》が烏亀《ウーグイ》になるんだ？」

それでぼくは、ニン姐さんは土地公にはなんの興味もないし、ケニーのことなんかまるで眼中にないし、そもそもアワビが死のうが生きようがどうでもいいと思っているのだとわかった。

それからぼくたちはこの件をすっかり忘れていたのだけれど、残暑が不意に和らいだ十月のなかごろ、萬年商業大樓のところで孤独さんとばったり鉢合わせした。

孤独さんは相変わらず厚手の黒い背広を着こみ、雑踏のなかをとくにあてもなくさまよっているふうに見えた。紅白だんだら模様のビニール袋をさげていた。ぼくは人混みをかき分け、走っていって声をかけた。

「なに買ったの、孤独さん？」

孤独さんは平然とふりむき、ぼくの名前を呼んで挨拶する手間も省き、ただビニール袋をすこしだけ持ち上げてみせた。

「萬華《ワンファ》に行ってたの？」

ビニール袋の中身は、萬華にある有名な豚足屋さんのお弁当だった。

「ちょっと調べなきゃならないことがあって」孤独さんはいつもの淡々とした調子で、どこを見ているのかわかりづらい感じでしゃべった。この人は明日世界が滅びるとわかっても、きっと明後日のほうをむいているんだろうな、とぼくは思った。「ついでに弁当を買った」

それが呼び水になった。

「あっ、ひょっとして家出した土地公のこと？」

「知っているのか？」

「みんな知ってるよ。土地公を捜しに萬華に行ってたの？」

「いろいろ訪ね歩いてる」

「神様を？　それ、本気で言ってないよね？」

「仕事だから」と、とてもふざけているとは思えない。「近頃急にご利益がささやかれだした廟に出かけていって、いろいろ調べてる」

「なんで？」

「物事には理由がある。急に霊験あらたかになったところには、もしかしたらぼくの捜している土地公が居すわっているかもしれない」

「神様が増えたからご利益も増えたってこと？」

彼はうなずいた。

「それでなにか収穫はあったの？」

「あったと言えばあったし、なかったと言えばない」

「………」

「萬華で近頃幅を利かせているのは四面佛だった」孤独さんが言った。「四面佛はタイの仏様だ。台湾の土地公がタイの仏様のところにいるとは思えない」

「なんでそんなことがわかるのさ？　台湾人だっていっぱいタイに行ってるじゃん。うちの母ちゃんだってこのまえ友達と遊んできたよ」

孤独さんはぼくを見つめ、それからぼそりとつぶやいた。「勘だ」

「ねえ、家出した神様なんか見つかりっこないよ」ぼくはとても心配になった。「だいたい土地公なんて目に見えないんだからさ、本当はずうっと廟にいて、ただサボってるだけかもしんないじゃん」

孤独さんが苦しそうに呻《うめ》いた。

「たまたまアワビの親分が騒いでるからみんな家出したなんて言ってるけど、本気でそんなこと気にしてる人なんかいないって。要はアワビの親分が納得すればいいんでしょ？　だったら、そのへんを歩いてる人を雇ってさ、その土地公廟に参ったらご利益があったって言いふらしてもらえばいいんだよ。ご利益さえあれば、土地公が廟にいるってことになるんだからさ」

「相手はヤクザだ」

「バレるのが怖いの？　じゃあ、スマホでつぶやけばいいじゃん。とにかくその土地公廟はご利益があるって噂が広まればいいんだから。なんなら、ぼくが阿華たちにたのんでつぶやかせようか？」

「それはだめだ」

「なんでさ？」ぼくは口を尖らせた。「ネットだよ？　大丈夫だって、ぜったいにバレっこないから」

「そうじゃない。土地公が勝手に廟に戻ったら、ぼくは食いっぱぐれる」

「ああ、なるほどね、そうなったらあのアワビがお金なんか払うわけないもんね」

「阿華にたのむのは、ぼくからの連絡を待ってからにしてほしい」

「けっきょくたのむんじゃん！」

「ありがとう、小武」孤独さんの顔に有るか無しの微笑がよぎった。「きみのおかげでどうにか依頼人の期待に応えられそうだよ」


二日後、店のテーブルで宿題をやっていると、通りのむこうから阿華に呼ばれた。

「おい、小武！　いまから孤独さんが土地公を呼び戻すらしいぜ！」自分の屋台のなかで、阿華はスマホをふりまわしていた。「いまアワビから連絡があった。ちょっと見てこい。おら、宿題なんかやってる場合じゃねえぞ！」

ぼくは店を飛び出し、人の波に逆らって走った。あまりにも全力で走ったものだから、角を曲がりきれずに通行人の背中にどしんとぶつかった。

「幹《くそ》！」ピッグボーイだった。「どこに目をつけてやがんだ！」

「小武じゃねえか」竹串に刺した鹹酥鶏《シエンスウジィ》（スパイスのきいた鶏唐揚げ）をもぐもぐ食べながら、シーシーがのんきに言った。「そんなに慌ててどこ行くんだ、兄弟？」

「孤独さんが土地公を見つけたんだって！」

彫り師兄弟は顔を見合わせた。

それから、三人で走った。途中で鹹酥鶏の紙袋が破れて、シーシーが罵声を浴びせて通行人を怖がらせた。両腕にびっしり刺青を入れた男たちが怒鳴りながら全力疾走しているのだから、誰もが横っ飛びで道をあけてくれた。それがビッグボーイにはこの上なく誇らしいことみたいだった。

ぼくたちがその古ぼけた土地公廟に駆けこんだときには、すでにちょっとした人だかりができていた。

廟というより、公衆便所のようなたたずまいだった。そう思って見ると、うっすらとおしっこのにおいが鼻についた。ぼくがまだ小さかったころ、お祖母さんがトイレにはきれいな女神様が棲《す》んでいると言って孫をだまくらかしてトイレ掃除をさせる日本の歌が流行った。なにかというと、年寄りはすぐに神様を持ち出す。たぶん誰も年寄りの言うことなんか聞かないものだから、神様が言ったことにしておけば、ぼくたちが言うことを聞くと思っているのだ。だから人間には神様が必要なんだ、とぼくは思った。なぜって、誰だっていつかは年寄りになっちゃうんだから。

すでに陽は沈みかけていて、土地公廟の屋根の二匹の龍が薄暮に黒く塗りつぶされようとしていた。凪はなく、小さな蝙蝠《こうもり》がせわしなく飛んでいた。ぼくは大人たちの背後でぴょんぴょん飛び跳ねた。

「ねえ、なんか見える？」

シーシーが首をのばして言った。「アワビがいちばんまえにいる！」

人混みをかき分けようとする彫り師兄弟のまえに、どこからどう見ても堅気じゃない男たちが立ちはだかった。おうおう、おまえらどこのもんだよ。檳榔《びんろう》の噛《か》み汁で口を真っ赤にした男に詰め寄られると、彫り師の兄弟は塩をかけられたナメクジみたいにしゅんとなってしまった。今日は立てこんでっから入れねえぞ。

人だかりの奥に親分がいるのは見当がついた。つまり孤独さんはヤクザの親分のまえで土地公を呼び戻そうというのか！　ヤクザ者にぺこぺこ頭を下げるビッグボーイとシーシーを見るにつけても、つくづく刺青というものは男の生き様とはまるで無関係なだけでなく、とことん屁の突っ張りにもならないなあと思えてくるのだった。ぼくは彼らの脇をすりぬけ、小さな体を大人たちのあいだに割りこませ、そしてとうとう本堂のいちばんまえにたどり着いた。低い声が耳に入ってきた。

「本当に連れ帰ってこれるんだろうな？」

目を上げると、色鮮やかな土地公がそびえ立っていた。顔色の悪い、大きな髭《ひげ》を生やした爺さんで、黄色のサテン地の服を着ていた。もちろん木彫りの土地公が口をきいたわけじゃない。しゃべっているのは、土地公の二号さんのまえにいた恰幅《かっぷく》のいいおじさんだった。その二号さんはといえばほっそりした色白の美女で、青いサテン地のマントを羽織っていた。土地公を真ん中にはさみ、右が二号さん、左が土地婆だった。土地婆、つまり土地公の奥さんは赤いサテン地の服を着ていて、なんの面白味もない嫉妬《しっと》深そうな婆さんだった。見ようによっては、二号さんも口うるさそうだ。女の数だけ苦労があるのさ、いつか阿華がそう言っていた。なるほどな。ぼくは土地婆を見、二号さんに目をうつし、最後に土地公を見上げた。土地公様、これではあなたが家出とかしちゃうのも無理はないと思います。

「口からでまかせだったら、どうなるかわかってるだろうな」

恰幅のいいおじさんがそう言って凄《すご》むと、アワビのやつがハエのような揉み手で媚《こ》びへつらった。

「でまかせなんてとんでもねえです。この探偵は西門町界隈じゃ評判の腕っこきなんですから」やにわにふりむき、孤独さんをどやしつける。「やい、探偵、口からでまかせだったらただじゃおかねえぞ！」

それからまたおじさんにへいこらしたので、この人が親分なのだとわかった。頭の禿《は》げた太った人で、目の下が蝦蟇《がま》みたいにたるんでいた。そのへんで葱油餅《ツォンヨウビン》（小麦粉で練った生地にネギを入れて油で焼いたもの）を売っている屋台のオヤジだと紹介されても、きっと誰も疑わないだろう。父ちゃんがよく観ているむかしのヤクザ映画に出てくる親分衆とは、似ても似つかなかった。

「ねえ、おじさん」ぼくが親分の袖をひっぱると、アワビがぎょっとした。「土地公が家出をしたのって、たぶんうちのなかに女がいるからだと思うよ。ひとりになっていろいろ考えたかったんじゃないのかな」

「靠腰啦《ふざけやがって》！」アワビががなり、ぼくの首根っこを押さえつけた。「ガキはすっこんでろ！」

「ご静粛に」孤独さんがおごそかに言い渡した。「師父はすでに土地公との交信に入っています」

親分にじろりとにらまれたアワビがぼくの胸倉を摑《つか》み上げ、釘を刺すように指さしてから突き飛ばした。

黄色い袈裟《けさ》を着た坊さんが土地公のまえにひざまずき、合掌してなにかをぶつぶつ唱えていた。

親分がかしこまって低頭し、子分たちもそれに倣《なら》う。とくにアワビは一心不乱に祈っていた。そりゃそうだ。もし孤独さんが失敗すれば、我が身になにがふりかかるのかよくわかっているのだ。

念仏の合間に、扉を閉めなさい、と師父が鋭く言った。誰も動こうとしないので、親分が声を荒らげた。てめえら、扉を閉めろというのが聞こえねえか。うしろのほうにいたヤクザ者が慌てて扉を閉めた。そのとき、アワビと一瞬目が合った。やつは怖い顔をつくり、你給我記住《憶えてろよ》、と声に出さずに言った。ぼくはやつに同情した。

閉めきられた本堂のなかは、人いきれでたちまち蒸し風呂のようになった。ぼくの頬を汗が流れ落ちた。親分はしきりにハンカチで額をぬぐい、子分たちは犬のようにゼエゼエ喘《あえ》いでいた。

念仏をつづけながら、師父がおもむろに懐から黄色いお札を取り出す。手早く印のようなものを結ぶと、それがぼっと燃えあがって人々の度肝をぬいた。それから、藪《やぶ》から棒に気魄《きはく》をこめた。

「土地公様！　土地公様！　どうかお戻りください！　土地婆様もお妾様もお帰りをお待ちしております！」

全員が固唾《かたず》を呑んで土地公のまえに立っている蠟燭を凝視した。その青白い炎はほとんど静止していて、焰《ほむら》の先端から黒い煤《すす》をもくもくと噴いていた。この蠟燭の火が扉のほうへ倒れれば土地公が出かけたことになるし、逆に倒れれば土地公が廟に帰ってきたことになる。

　孤独さんは両手を顔のまえで合わせて瞑目していた。キエーッ！　という気合いもろとも師父が飛び起き、両足を広げ腰をぐっと落とし、馬歩《マブゥ》の姿勢をとった。ぼくはびっくり仰天して、心臓がどきどきしてしまった。

「土地公様！　土地公様！　みんなが土地公様のお帰りをお待ちしております！　どうか！　どうかわたしたちのところにお戻りください！」

　つぎの瞬間、蠟燭の火が！

　信じられない光景に、ぼくたちはいっせいに息を呑んだ。親分は腹を匕首《あいくち》でえぐられたみたいに低く呻き、アワビは目をごしごしこすった。ヤクザ者たちは震えあがり、五《ご》体投地《たいとうち》して大声で祈りだすやつまでいた。

　べたっと寝ていた火がゆっくりと起き上がると、蠟燭はまた何事もなかったかのように静かに燃えつづけた。

「おお！」師父は丹田《たんでん》に力をこめて叫んだ。「お戻りくださいましたか、土地公様！」

　一同、瞠目した。ふたたび蠟燭の炎がゆらめき、まるで風に草がたわむように、またぞろ土地公像のほうへ倒れこんだのである。

　本堂がどよめき、歓喜の声がちっぽけな土地公廟を包みこんだ。閉ざされていた扉が勢いよく開け放たれ、民進党の野球帽をかぶった年寄りがもごもごと、土地公様が戻られた、土地公様が戻られた、と触れてまわった。

「ありがとうございます、師父」親分が両手で師父の手を取った。「しかし、本当に土地公様はお戻りになられたのか」

「もちろん戻られた」

「信じてよろしいのですな？」

「本堂は閉めきっておった。風はそよとも入ってきておらなんだ。だとしたら、蠟燭の火がたわむ理由はひとつしかござらぬ」

「わたしは嘘をつかれるのが大嫌いでしてね」その目が鈍く光った。「もしもここにいる誰かが嘘をついたら、そいつは煙のように消えることになりますよ」

「信じなさい」師父が胸をどんっとたたいて請け合った。「すぐにご利益があらわれるであろう」

親分は師父の目を覗きこみ、それから重々しくうなずいた。

爆竹が鳴らされ、用意されていた鶏や豚や果物が土地公像のまえにずらりとならべられた。誰かがサヨナラ満塁ホームランでもかっ飛ばしたみたいな騒ぎだった。親分は廟の管理組合の老人たちと堅い握手を交わし、アワビは欣喜雀躍《きんきじゃくやく》して孤独さんに抱きついた。

「わかってたぜ、こんちくしょうめ、おまえならやってくれるってちゃんとわかってたんだ！」

アワビはまるで五分の盃《さかずき》を交わした兄弟分のように孤独さんの背中をばしばしたたいたけれど、その孤独さんはといえば、顔じゅうに汗をぐっしょりかいて肩で息をしていた。

「大丈夫、孤独さん？」ぼくはいつもこの人のことを心配しているな、と思いながら声をかけた。「顔が真っ青だよ」

孤独さんはほとんど放心状態で、なにも耳に入らない様子だった。胸を大きく上下させて、呼吸を整えようとしていた。

「孤独さん？」

「ああ、小武……一昨日の件、たのんだよ」

「一昨日の件って？」

が、突然乱入してきたアワビが、口を開きかけた孤独さんを親分のほうへひっぱっていってしまった。

孤独さんがふりむいて、うなずいた。

もみくちゃになりながらどうにか本堂を出ると、ビッグボーイとシーシーはすでにヤクザ者たちとビールを酌み交わしながら大笑いしていた。こんなところにもう用はない。酒に呑まれる大人たちをぼさっと見ているほど、ぼくは暇でも酔狂でもない。宿題だってまだ残っている。そう思って廟を出たところで、その野良犬を見かけたのだった。

一度とおりすぎてから、足を止めてふりかえった。笑い声の絶えない廟のそばに、その善良そうな野良はちょこんと行儀よくすわっていた。誰かを待っているみたいだった。

街灯に照らされた薄汚れた白い体には、黒の斑が点々と浮いていた。

ぼくは廟を仰ぎ見た。丸い月が夜空にかかっていた。犬に目を戻す。

「おまえ、ひょっとして孤独さんに呼ばれたのか？」

舌をだらりと垂らした野良が、ぼくを見上げてやさしく健気に吠えた。なにか食べさせてもらえるんじゃないかと思いまして……彼、ここにいるんでしょ？　それは孤独さんがいつも餌をやっている野良だった。

はは－ん、そういうことか！

ぼくは阿華の屋台に飛んで帰り、土地公廟で起こった一部始終を報告するとともに、孤独さんがはっきりとは口にしなかったメッセージを伝えた。それから、ふたりしてぼくの説を検証してみた。じっくりと、かなり真剣に。状況証拠がそろいすぎていたので、懐疑屋の阿華でさえぼくの言い分を全面的に認めるしかなかった。で、土地公が廟に帰ってきたという噂は、すこし時間をおいてから流したほうがいいだろうということになった。すぐにご利益があらわれたんじゃ、かえって怪しまれる。

「野良犬の面倒を見てたのが、こんな形で役に立つとはなあ！」阿華が感心したように言った。「ようするにそういうことなんだよ。情けは人のためならずとはよく言ったもんだぜ」

　それからしばらく孤独さんの姿を見かけなかった。もしかしたらなにか手違いがあってヤクザ者にひどい目に遭わされてやしないかと、ぼくはまたもや心配になった。ぼくはいつも孤独さんのことを心配していた。

「昨日、アワビの野郎と話したぜ。べつに孤独さんのことはなんも言ってなかったから、まあ、大丈夫なんじゃねえの？」

「スマホ、貸して」

　ぼくは阿華のスマホで件《くだん》の土地公廟を検索にかけてみた。探し物が見つかった、痔《じ》が快癒した、うっかり呑みこんだ金歯が出てきた、家出した女房が帰ってきたなどなど、土地公祈願のご利益がずらっとひっかかってきた。

「ねえ、阿華がひとりでこの噂をぜんぶ広めたの？」

「なわけねえだろ。ケニーにも手伝ってもらったけど、それも最初のうちだけさ。いまネットにあがってんのは、おれらとは関係ねえよ」

「勝手に拡散してるってこと？」

「鰯《いわし》の頭も信心からってやつよ」

「どういう意味？」

「ああいうもんはご利益があると思えばあるし、ねえと思えばねえってことだ」

「阿華は信じてる？」

「神様をか？　おまえは目のまえで孤独さんが蠟燭に息を吹きかけるのを見たんだろ？それでもまだ信じられるのか？」

「見たわけじゃないよ。合掌した孤独さんのまえに蠟燭があって、その蠟燭の火がべたっと寝たから、たぶん孤独さんが口で吹いたんだろうなって。ほら、孤独さんは犬笛の音を出せるってニン姐さんが言ってたから」

「で、たまたま近くにいたあの野良犬が、餌がもらえると勘違いしてやってきた」

「それ以外に考えられる？」

「いや、おれもそう思う」

「孤独さん、あのときすごく息が苦しそうだったし」

「神様はいると思うぜ」

「そうだね」

「ただ、それは蠟燭の火なんかで証明できるもんじゃねえ」阿華が言った。「今回のことに関しちゃあ、おれやおまえやあの野良犬が孤独さんの神様だったのさ」


つぎに孤独さんを見かけたのは北風が本格的に吹きはじめたころで、学校の遠足で動物園に行ったときだった。

木柵動物園にはほとほとうんざりさせられる。広すぎて、ひとつの動物を見たあとは、つぎの動物までえんえんと歩かされた。ゴムの樹やクワズイモの大きな葉っぱに縁取られた参観路を、ぼくたちは足を引きずって歩いた。温帯動物区のオオカミたちは閉じこめられすぎて気が狂っているように見えたし、アフリカ動物区のライオンたちは無気力で、メスがどんなに挑発してもオスをその気にさせることはできなかった。カバだけがやたらたくさんいた。巨大なワニは孤独で、ただ死ぬのをじっと待っているみたいだった。ゴリラは人工的にこしらえた岩窟のなかで膝を抱えていた。チンパンジーはサルじゃないと先生が教えてくれた。ほら、サルには尻尾があるけど、チンパンジーにはありませんね。パンダはたしかに可愛かった。ガラスの仕切りのなかで元気に歩きまわっていた。だけど、国民党の努力によって中国からやっともらい受けることができたなんていう先生の解説は聞きたくなかった。

「あの人を見ろ、小武」いっしょに歩いていた楊亜嵐《アラン》がぼくの小脇をつついた。「このくそ寒いのに裸足にサンダルだぜ」

「真冬に裸足のやつって怖いよな」史佩倫《ペイルン》が話を広げた。「ああいうのが子供を虐待したり、幼女を連れ去ったりするんだ」

いまにも雨が落ちそうな曇り空の下、孤独さんはあの黒い背広を着て、寒さに足踏みをしながら低い柵のむこうのアフリカゾウをぼんやり眺めていた。ゾウは二頭いて、文字どおりこの世界にふたりだけしかいないような悲しみをまとっていた。

自由行動が許されると、ぼくは鳥園へ駆けていく友達からそっと離れ、孤独さんの隣りへ行ってしばらくいっしょにゾウを見た。ぼくは母ちゃんに黄色のニットキャップをかぶらされていた。ゾウの一頭が、片脚をすこしだけ持ち上げて静止していた。まるで絵のモデルをしているみたいだった。彼方に猫空《マオコン》へとのぼっていくロープウェイが望めた。待てど暮らせど孤独さんが気づいてくれないので、とうとうしびれを切らしてぼくのほうから話しかけてしまった。

「ねえ、みんなに変質者だと思われてるよ」

孤独さんはちらりとぼくのほうを見やり、またぞろゾウに目を戻した。今日はゾウを見に来たんだと言ったけど、たしかにそれ以外なにも関心事がなさそうだった。

「あのさ、あのとき孤独さんが蠟燭に息を吹きかけたんだよね？」

孤独さんはしばらく黙っていた。まるで言葉がとてものろいエスカレーターに乗って口から出てくるのを待っているみたいだった。やがて、ぼそりとつぶやいた。

「そんなことは重要じゃない」

「じゃあ、なにが重要なのさ？」

「そうだな」孤独さんはすこし考え、「たとえば、宇宙の本当の価値について考えることとか」

「はあ？」

「まえに植物園で訊いただろ？」

ぼくは首を横にふった。

「そうか」孤独さんはとくにがっかりしたふうでもなかった。「重要なことなんか、そんなにたくさんない。ひとつかふたつ以外は、どうでもいいことばかりだ」

じゃあ、そのひとつかふたつってなんなのさ？　そう訊きかけたけど、阿呆らしくなってやめた。どうせ聞いてもわからない。孤独さんとしゃべっていて、得したなあと思ったことなんて一度もない。

それでも、いつか大人になったらわかるようにならなければいけないことなんだろうな、という気がした。ぼくたちはならんで灰色のゾウを見た。本当に大切なひとつかふたつのことを考えるともなしに考えながら。ゾウは長い鼻をぶらぶらさせたり、大きな体をぶらぶらさせたりしていた。まったく意味なんてないように見えるけど、そこにはゾウなりの意味があるのかもしれない。ゾウの神様にお祈りを捧げているとか。

ぼくにはまだ理解できないすべての物語をしまいこんだ大きな箱——もしかすると、それが宇宙の本当の価値なのかもしれない。

そんなふうに思った。

骨の詩《うた》

　ぼくたちの郷土教学の授業を担当しているのは霍明道《フオミンダオ》という名前の先生で、歳は三十一、南投《ナントウ》県の賽徳克《セデック》族だけど、ほかの部族の言語も大学院で学んでいた。原住民の人は中国名のほかに彼ら自身の名前も持っていて、霍先生の本当の名前はノーカン・ワタンといった。名前がふたつあるなんてとてもクールだとぼくは思うのだけれど、先生によれば、彼のお祖父さんには日本名まであったそうだ。

「日本統治時代につけられた名前だよ」先生はぼくたちに教えてくれた。「ぼくのお祖父さんは高山一郎《たかやまいちろう》という名前を持っていたんだ」

　クラス一の秀才で、ピンク色の分厚い眼鏡をかけた陳珊珊《チエンサンサン》が手を高々と挙げて発言した。

「じゃあ、先生たちには名前が三つあるんですか？」

「日本の統治が終わったのは？」

「一九四五年です」

「そのとおり」霍先生がうなずいた。「ぼくが生まれたのは一九八六年だから、日本名は持ってないんだよ」

だけど、ぼくは知っている。霍先生は日本名のかわりの名前をもうひとつ持っている。

すこしまえのことだ。あれはたしか土曜日だったと思う。もわっと湿った風の吹く暑い夜だった。店の片づけを手伝っていると、通りのむこうから阿華《アフア》に呼ばれた。

「おい、小武《シャオウ》、ちょっとたのまれてくれ！」

母ちゃんを見やると母ちゃんがひょいと肩をすくめたので、ぼくは雑巾《ぞうきん》をテーブルに放り出して阿華の屋台に駆けつけた。

「寧《ニン》のところの猫が見つかったそうだ」

ニン姐さんが飼っている小白《シャオバイ》という黒猫が、数週間前から行方不明になっていた。彼は誰のものでもない、とニン姐さんは言っていた。自分の生きたいように生きればいいのよ。

でも、それがただの強がりだということは、たちまち紋身街《もんしんがい》じゅうの知るところとなった。小白がいなくなってからのニン姐さんはぼんやりすることが多くなり、うちの店でご飯を食べていても、急に立ち上がって表へ飛び出していくことがあった。で、いつも意気消沈して戻ってきては、目に涙を浮かべて食べかけのご飯をつつくのだった。一度、ケニーが面白がって猫の鳴き声を出した。みゃお、みゃお。とたん、ニン姐さんがガタッと席を立ち、きょろきょろとあたりを探した。ニン姐さんの目に入るものといえばケニーの馬鹿笑いだけだったので、怒り心頭のニン姐さんがつまらない悪戯心を起こしたケニーに暴力をふるった。

「ニンの知り合いから連絡があったそうだ」阿華が言った。「で、ニンがおれにLINEしてきた。おまえ、ひとっ走りして猫を受け取ってこい」

「ニン姐さんは?」

「仕事中だ」

「阿華が行けばいいじゃん」

「おれも仕事中だよ」阿華は舌打ちし、丸椅子にどっかりすわって新聞を広げた。「おまえらガキとちがって、大人はいろいろやることがあるんだ。ほら、早く行ってこい」

そんなわけで、お客さんの体に刺青を彫っているニン姐さんのかわりに(そして、ニン姐さんのためには指一本動かすつもりのない阿華のかわりに)、ぼくが漢中街にあるそのクラブまで猫を引き取りに行くことになった。

クラブといえば、ぼくだって多少のことは知っている。鼓膜《こまく》が破れそうな大音量の音楽、酒、煙草、若い男と女が踊り狂い、うつけたように壁にもたれかかったり、トイレのなかでいちゃついたり、麻薬なんかが売買されている。紋身街に住んでいれば、クラブがらみのうんざりする話がいやでも耳に入る。猪小弟《ピッグボーイ》と喜喜《シーシー》から最近聞いた話では、西門町《せいもんちょう》のどこかのクラブで女の子が複数の男に殴られて乱暴されたあと、喉《のど》をナイフでかき切られたとのことだった。ピッグボーイは法螺《ほら》吹きなので、もちろんそんな与太を鵜呑《うの》みにはできない。だけど、調子に乗った女の人がクラブで泣きを見たという話は、いつだってぼくたち子供に自業自得のなんたるかを教えてくれた。それでも、みんなクラブに行く。クラブで人気者になるために、紋身街に刺青を入れにくる。いったいなんのために? 阿華は人間には破滅願望があると言っていたけど、ぼくにはよくわからなかった。

「死をうまく想像できねえから、あいつらは音楽や麻薬や刺青のことを想像するんだよ」

もしかすると大人になればわかるようになるのかもしれないけれど、それはまだまだ未来のことだった。九歳のぼくにとって、クラブとは痛い目に遭《あ》いたい暇人だけがのこのこ出かけていく、ただひたすら馬鹿げた場所だった。

破れたポスターや落書きだらけの壁を指先でなぞりながら階段を降り、重たい防音扉を押し開けると、水のような青い光に包まれた。

週末だというのに、店のなかは閑散としていた。まばらな客はほとんど壁際にいて、なにかに絶望しているかのようにたたずんでいた。スポットライトがあたる小さなステージで、男が静かにラップをやっている。用心棒みたいな人が怒った顔で近づいてきたので、ぼくはニン姐さんの猫のことを話した。

「おまえ、紋身街の入り口のところの食堂のガキじゃねえか？」

「はい」

「なんの猫だ？」

「この店の人が黒猫を捕まえたって連絡があったんです」

「おまえんちの猫か？」

「まあ、はい」

「そんな話は聞いてねえが、そんなら事務所で訊いてみろ」

用心棒が指さすほうに行きかけたとき、ふとなにかにひっぱられたような気がして、ぼくはステージに目を走らせた。そこでは相変わらずヒップでもホップでもない男が、単調なリズムに合わせてぼそぼそと言葉を紡ぎ出していた。学校でその名前を習ったばかりだったからだ。

莫那魯道《モナ・ルダオ》——その言葉がぼくの意識を捉えたのは、霍先生だった。思わず見とれてしまった。

ちっぽけなステージでモナ・ルダオのことを歌っていたのは、霍先生だった。思わず見とれてしまった。先生は野球帽をあみだにかぶり、チェックのシャツにだぼだぼの黒いズボンを穿いていた。頭上のスポットライトが刻々と色を切り替えながらステージを照らしている。赤や青や緑の光線のなか、先生は中国語と原住民語を織り交ぜて、太陽や月や鹿の心臓のことを歌っていた。学校でぼくたちに郷土教学を教えるやさしい顔とは打って変わって、マイクを口にくっつけて熱っぽい言葉を吐き出す先生は、怒っているようにも泣いているようにも見えた。

曲が終わると、まばらな拍手が起こった。先生はほとんど空っぽのダンスフロアに頭を下げ、DJブースにいる男に声をかけた。それから、マイクにかぶさるようにして静かに言った。

「骨の詩《うた》」

ぼくは事務所に行って小白を引き取った。店のオーナーは太った男で、顔に見覚えはなかったけれど、左腕に入っている髑髏《どくろ》の刺青には見覚えがあった。ケニーの店にそれとまったくおなじ髑髏のサンプル画が貼られている。ケニーは見かけ倒しの大男で、ケニーが彫る刺青もやっぱり見かけ倒しで、そんなものを得意げに体に入れるようなやつも見かけ倒しにちがいなかった。

「逃がすなよ」オーナーが言った。「その猫は見た目より根性が悪いぞ」

ぼくはうなずき、猫の赤い首輪にビニール紐をくくりつけてから、小白を抱き上げて事務所を出た。

霍先生はまだしぶとくステージに残っていて、べつの曲をやっていた。灰にまみれた心臓、おれたちの真実、虚々実々の黒い果実——いったいなんの話なんだ？　ぼくは先生に気づかれないように、猫を抱いてそそくさと店をあとにした。用心棒がうなずいてきたので、ぼくもうなずきかえした。階段をのぼっていると、壁のポスターに先生が小さく載っていることに気がついた。メジャーリーグの野球帽をかぶった先生の写真の下に、〈Nokan《ノーカン》 Watan《ワタン》 a.k.a. MC BONE〉と書かれていた。

ぼくは霍先生が写っているポスターをちぎって持ち帰り、阿華に見せた。右手にはニン姐さんの猫をつないだビニール紐をしっかりと握っていた。

「a.k.a. ってどういう意味？」

「別名って意味だ」阿華は小馬鹿にしたように霍先生を眺めた。「この原住民がラッパーなのか？」

「うちの学校の郷土教学の先生だよ。ＢＯＮＥ《ビーオーエヌイー》ってどういう意味？」

「骨だ」

ぼくはゲラゲラ笑ってしまった。ＭＣ骨！　たしかに痩《や》せっぽちの霍先生が歌っている姿は、まるで骸骨《がいこつ》が呪いのまじないをつぶやいているみたいだった。そうか、だから『骨の詩』なのか。

「で？」と阿華。「なに歌ってたんだ？」

「よくわかんないけど、莫那魯道《モナ・ルダオ》のことを歌ってたよ」

「なんだそりゃ？」

「むかしの原住民で、霧社《むしゃ》事件を引き起こした人だよ。阿華、学校で習わなかったの？　モナ・ルダオが日本人をたくさん殺して、そのせいでもっとたくさんの原住民が日本人に殺されたんだ」

すると阿華がラッパーみたいな身振りで、「Big Brother 莫那魯道 R.I.P.」と歌っておどけてみせた。

「じゃあ、その先公は原住民語でラップやってんのか？　だとしたら、先の見通しは明るくねえな」

「なんでさ？」

「ラップってのは言葉遊びみてえなもんさ。原住民語を面白がれるやつがどれだけいると思う？」

「けど、みんな英語のラップはよく聴いてるじゃん」

「英語はいいんだよ」

「なんでさ？」

「この国では誰もが英語をしゃべれるふりをしたいからさ」阿華が言った。「だから英語がわかんねえって認めるわけにゃいかねえんだ」

　まるで裸の王様みたいだな、とぼくは思った。馬鹿の目には見えない生地でつくった洋服、王様が裸だとは口が裂けても言えない衣装——それが英語なのか！

　しばらくして、ニン姐さんが猫を引き取りに来た。よっぽど慌てていたのだろう、エイズ予防用のビニール手袋を両手につけたままだった。ニン姐さんに抱きしめられて、小白はとても嫌そうだった。ぼくはニン姐さんに好きな音楽のことを訊いてみた。

椎名林檎《ズイミンリンチン》、というのがその返事だった。

「ニン姐さん、日本語がわかるの？」

「ぜんぜん」

「わかんないのに、なんで好きだって言えるのさ？」

「だって、好きだからよ」ニン姐さんは猫を抱いたまま、阿華に甘い黒糖珍珠鮮奶茶《ブラウンシュガー・パールミルクティー》を注文した。「甘いものとおなじね。理由なんてない。好きだから好きなのよ」

世界には王様が素っ裸だと天真爛漫に指させる人がいる。たぶん、ニン姐さんもそうした人たちのひとりなんだろうな。で、霍先生はニン姐さんのような人がちゃんといることを知っている。共感してくれる人々の存在を信じている。さもなければ、誰にも顧《かえり》みられない歌をあんなふうに切々と歌えるものじゃない。問題は、先生の言葉が誰かの共感を呼ぶほど長生きできないかもしれないということだ。


その夜、太陽を矢で射る夢を見た。

ぼくはセデック族のたくましい戦士で、体じゅうに部族の刺青を入れていた。夢のなかの赤い空には、太陽が十個もひしめきあっていた。そのせいで野山は焼け焦げ、空の鳥は火だるまになり、人々は野良犬みたいに舌を出してハアハア喘《あえ》いでいた。それを見て太陽たちはにやにや笑っていた。作物がひとりでに燃えた。

ぼくはたったひとりで太陽退治に出かけた。手には弓、背中には矢がぎっしり詰まった箙《えびら》をかけて。火焔に包まれた野を越え山を越え、暑さのせいでぐらぐら煮立っている沢をいくつも渡り、腹が減れば川から煮魚を取って食べた。ぼくの決心は岩よりも硬かったので、獣の皮でこしらえた靴が燃えるのもおかまいなしだった。そうやって旅をつづけ、石としゃれこうべがごろごろころがっている不毛の山をのぼっていった。道中、太鼓の音と、太陽や月や鹿の心臓のことを歌うラップがずっと聞こえていた。

やがて山頂に到達すると、掌《てのひら》にぺっぺっと唾《つば》を吐き、弓に矢をつがえて太陽に狙いをつけた。愚かな太陽どもはこれからどんな災難が身にふりかかるか知りもせず、相変わらずへらへらしていた——もしかすると、これらはすべてぼくがあとから、つまり大人になってから捏造した記憶かもしれない。なぜなら、原住民の言い伝えのなかに、これとそっくりの話があるからだ。

とにかく、ぼくは無慈悲に太陽をひとつずつ射落としていった。太陽の悲鳴が空いっぱいに響き渡った。幹《くそ》、別開玩笑《ふざけるな》！　ぼくは耳を貸さずに矢を放った。矢は太陽の目に刺さったり、鼻を削ぎ落としたりした。いよいよあとふたつになったとき、手元が狂って致命傷を負わせることができなかった。すると、怪我をした太陽が空からぴゅうっと逃げだしてしまった。もう太陽はやめた、やってられるか、おれは今日から月になるんだと叫んで月になってしまった。

ぼくは気を取りなおし、残ったひとつに矢をむけた。

「さあ、覚悟しろ」

太陽は冷や汗をかいてぶるぶる震えていた。

「勇者様、どうかおたすけください」と命乞いをした。「わたしがいなくなれば、この世は真っ暗闇ですよ」

言われてみれば、ごもっともだ。

ここでこいつを殺してしまえば、なにかと不都合もあるだろう。向日葵《ひまわり》はどっちをむけばいいかわからなくなるし、雄鶏はいつ時をつくればいいのか迷ってしまうし、焼餅油條《シャオビンヨウティヤオ》（台湾の代表的な朝食。長い揚げパンを胡麻をまぶした焼きパンにはさんだもの）だって食べられなくなる。

そこで最後の太陽は勘弁してやることにして、しっかり釘を刺してから意気揚々と山を下りていった。太陽を九個も退治したので風は涼しく、鳥たちは気持ちよさそうにさえずり、さらさら流れる川には魚の銀鱗《ぎんりん》がきらめいていた。とても気分がよかったので、ぼくは『骨の詩』を口ずさみながら、ほとんど飛ぶようにして村へ帰ったのだった——

そんなことがあったので、それまで気にも留めなかったことが気にかかるようになった。

注意してよく見ていると、霍先生は四六時中小さなノートになにかを書きつけていた。廊下を歩いているときも、休み時間に上級生とバスケットボールをしているときも、駐輪場で自分のスクーターにまたがっているときも、急にすべてのことを放り出してそのノートにボールペンを走らせた。いったんその状態に陥ると、霍先生のまわりだけ時間の流れが止まった。外野にどんなにやいのやいの言われても、書き終わるまではなにも耳に入らない様子だった。そのせいでバスケットボールが顔面を直撃して眼鏡を壊したこともあった。ノートを持っていないときは、自分の手に書きつけた。ボールペンを持ってないときは、棺桶《かんおけ》に片足を突っこんでいる年寄りの念仏みたいに口のなかでずっとなにかをつぶやいていた。それはまるで目に見えないなにかが霍先生の魂をかっさらっていき、この世界に戻ってくるための道筋を急いで書き写さなければならないような、そんな鬼気迫る感じだった。

「そりゃ歌詞を書いてんだよ」阿華が訳知り顔で言った。「こないだのラッパーの先公だろ？　おれのダチにもそういうやつがいる。そいつは小説家を目指してんだが、酒を飲んでても車をころがしてても、なんか閃《ひらめ》いたらほかのことはどうでもよくなっちまうんだ」

「ふぅん」

「そいつが言ってたんだが、この世界はそこらじゅうに物語が蝶々みてえに飛んでるそうだ。その蝶々を捕まえられるやつが小説家になる。だから蝶々がふらふら飛んできたら、ぜったいに逃がしちゃなんねえんだ。一度逃がした蝶々にはもう二度と会えねえかもしんねえからな」

それから数日後、帰宅するまえに学校のトイレに入ったら、いちばん奥の個室からなにやら怪しい物音が聞こえてきた。

ぼくは忍び足で近づいた。

誰かがぶつぶつ独り言《ひとごと》をつぶやいていたのだけれど、その誰かとは言うまでもなく霍先生だった。ぼくはためらい、恐る恐る声をかけてみた。すると、人の足音にびっくりした蟋蟀《こおろぎ》みたいにぴたりと静かになった。

「三年甲班の景健武《ジンジエンウ》です」ぼくは個室のドアにむかって言った。「先生、MC BONE ですよね?」

個室のなかがかわいそうなほどガタつき、おびえたような、しらばっくれたような沈黙が流れた。一瞬、先生はラップの件を知られたくないのか、はたまた学校のトイレで大きいほうをしていることを隠したいのか、よくわからなくなった。ラッパーであることはべつに恥ずかしいことではないので、おそらく後者だろう。だから、ぼくはこう言った。

「漏らすよりぜんぜんましですよ」すこし待ち、先生を安心させようとさらに付け加えた。「このまえ、漢中街のクラブで先生を見かけました。太陽や月や鹿の心臓についてラップをしてましたよね。太陽や月はなんとなくわかりますけど、鹿の心臓ってなんですか？」

沈黙が深まっていくような気がした。なおも黙っていると、やがて観念したような声が個室から漏れ出た。

「あんなところに行ったらだめじゃないか」

「お使いで行ったんです。ぼくんち西門町で小さな食堂をやってるんで」

「そうか」先生がためらいがちに言葉を継いだ。「鹿の心臓というのは比喩《ひゆ》なんだよ。ただの喩《たと》え話さ。水牛の血でもなんでもいいんだ。セデックにとって意味があって、日本人にとって意味がないものならなんでもいい」

先生からは見えもしないのに、ぼくはうなずいた。

「むかし、日本人がセデック族の村にやってきた。第二次世界大戦のまえのことだ。日本人はセデックと結婚して、ぼくたちを手懐《てなず》けようとした。ぼくのご先祖様たちは、結婚式の席で日本人に礼儀をつくした。いちばん貴重な鹿の心臓を食べてくださいと差し出した。でも、日本人はそんな汚いものが食えるかと言ってセデックを侮辱した」

「歌の話ですよね？」

「現実もだいたいこのとおりだよ」

「その侮辱された人が莫那魯道《モナ・ルダオ》ですか？」

「侮辱されたのは彼の息子だよ。だから、彼の息子は日本人を殴った。モナ・ルダオは道理をわきまえた人だったから、これはたいへんなことになると心配した。ここから先はいくつか説がある。ひとつは、日本人に報復されると思ったモナ・ルダオが息子のために頭を下げてあやまったら、今度は彼自身が殴られてしまったというものだ。で、息子が腹を立ててその日本人を殺してしまった」

「わかったぞ！　報復を恐れたモナ・ルダオが先手必勝で日本人を殺しちゃったのが霧社事件なんですね」

「そんなに単純な話じゃないけど、まあ、そうだね」

「先生、いつもノートに書いてるのは歌詞ですか？」

返事がなかったので、手持無沙汰になったぼくは阿華の受け売りを披露した。この世界には物語が蝶々みたいにたくさん舞っている。するとベルトをガチャガチャやる音が響き、水が慌ただしく流され、個室のドアがバンッと開いて仁王立ちの霍先生があらわれた。いきなりのことで、ぼくは危うくひっくり返りそうになった。

「景健武、書くものを貸せ！」

ぎろりとにらまれたぼくは、ぶん殴られるんじゃないかとびくびくした。あたふたと鞄《かばん》のなかからボールペンを取り出すと、指をパチパチ鳴らして急《せ》かす先生におずおずと差し出した。

「貸せ！」

ペンをひったくった先生は礼も言わず、自分の手になにやら猛烈な勢いで書きこんでいった。

ぼくはしばらく立ちすくみ、それから真剣に蝶々を捕まえようとする霍先生に背をむけてひっそりとトイレを出た。夕陽に赤く染まったグラウンドで、上級生たちがバスケットボールをやっていた。トラックをぐるぐる走っている子もいる。外廊下を校門にむかってとぼとぼ歩きながら、ぼくは芸術家の本質に触れたような気がした。閃きを捕まえるためならば、こんちくしょうめ、あいつらはうんこをしたあと手も洗わずに他人からボールペンを借りることができるのだ。

じつを言えば、ぼくと霍先生がよく話をするようになったのは、このころからだった。

どうしてラップなんかやっているのかと尋ねると、楽器ができないからね、という面白くもなんともない答えが返ってきた。

「ぼくは子供のころから目立つほうじゃなかった。友達と外で遊ぶよりも、家で本を読むほうが好きだった。そのうち、自分はどこから来てどこへ行くのか考えるようになった。だから、自分たちの歴史を勉強した。たとえば、授業中にも話した霧社事件。あれを原住民の抗日運動と捉えるのは間違いだ。たしかにぼくらは日本人に搾取されていた。でも、あの事件の根っこはとても単純なことなんだ。侮辱されたから仕返しをした、ただそれだけのことなんだよ」

「ラッパーでは誰が好きなんですか？」

先生の口からすらすらといくつか名前が出てきたけれど、ぼくはラップにはぜんぜん興味がないので、聞いた端から忘れてしまった。

先生の夢は音楽を志す人の誰もが抱く夢、そう、メジャーデビューしてＣＤを出すことだった。なにかを表現しなければならないのは呪いのようなものだと言った。

「その呪いが解けることは永遠にない。だけど、すこしだけ痛みを和らげることはできる。自分が表現したことを他人と共有できたとき、黒い呪いは白い呪いに変わるんだ」

だから、ほうぼうのクラブやライブハウスやテレビのタレント発掘番組のオーディシヨンに落ちつづけても、それは表現者が支払わねばならない代償だと正しく認識していた。

「ぼくたちは楽園にいるわけじゃない。だから、歌うんだよ」

ぼくには難しすぎて手に負えない話ばかりだったけど、台北が楽園じゃないという部分に関しては大賛成だった。

『骨の詩』はそんな霍先生 a.k.a. MC BONE がはじめて原住民語でつくった歌で、顔に刺青を入れようとするセデック族の若者のラップだった。スマホもある、ＳＮＳも活用している、政府の提供する原住民への教育向上プログラムのおかげで大学へもいけた（台湾の教育部は一九九五年より原住民地区の学校に対して無償の補習を提供し、原住民の基礎学力の向上を図っている。九六年には原住民学生間の相互理解を図るための教育優先区を設定した。二〇〇一年には郷土語言課程を制定し、全国の小学生は六年間で閩南（びんなん）語、客家（はっか）語、原住民語のいずれかを学習することになっている。二〇一七年には原住民族語言発展法を制定し、原住民の言語を国家言語であると定義した）、この世界はすこしずつ住みやすくなっている、その気になればメルセデス・ベンツにだって乗れる、でもぼくの顔には刺青がない、という内容らしかった。

「むかしの原住民たちは顔にそれぞれの部族のしるしを彫っていたんだ」先生は誇らしげに言った。「野蛮な習慣だけど、ぼくのなかにもその血がたしかに流れているんだよ」

ある雨上がりの放課後、ぼくと霍先生はたまたま帰りがいっしょになった。徒歩のぼくに付き合って、先生はＭＣ骨の名に恥じないか細い腕でスクーターを押してくれた。

学校の塀に沿って植わっているソテツが雨に洗われ、夕陽を受けてきらきら輝いていた。

「ぼくたちは死んだら大きな橋を渡る。すると、橋のむこうからご先祖様がお迎えに来てくれる。そのとき顔に正しい刺青がないと、橋から突き落とされてしまうんだ」

「それって奈河橋《ナイホーチャオ》のことですか？」

「中国人が死んだら奈河橋を渡る。日本人にとっては三途の川にかかる橋だ。でも、ぼくたちの橋はそれじゃない」空をふり仰いだ先生の顔いっぱいに夕陽があたった。「ぼくたちの橋は、ほら、あれだ！」

霍先生がぼくに見せようとしたのは、スモッグが洗い流されたぴかぴかの茜空にかかる、大きくて立派な虹だった。

ぼくが霍先生に興味を持ったのとはべつの意味で、つまり真逆の意味で興味を持った子もいた。

きっかけは、郷土教学の試験でぼくが陳珊珊よりほんのすこしばかりいい点を取ったせいだった。彼女はピンク色の眼鏡よりもっと赤く頬を上気させて、自分の答案とぼくの答案を穴が開くほど見くらべた。で、ぼくが丸をもらっているのに自分が三角しかもらえなかった設問を発見した。それは霧社事件についての問題で、ぼくは霍先生が言ったことを思い出して、一九三〇年に起こった霧社事件は原住民による抗日運動なんかじゃなく、もっと単純な人間の感情の問題だと書いた。

「どういうことですか、先生⁉」陳珊珊は教卓に突進して先生に食ってかかった。「霧社事件は原住民が日本人を殺した事件ですよね？　なのに、どうして抗日運動とは関係がないと書いた景健武が丸で、あたしが三角なんですか⁉」

「よく見てごらん」先生はおだやかに指摘した。「ほら、ここ……きみは霧社事件が起こった年を間違って一九四〇年と書いているだろ？」

クラスじゅうがどっと笑った。じゃあ、そこバツじゃん。ぼくのツレの楊亜嵐《アラン》が冷やかすと、すかさず史佩倫《ペイルン》が同調するようなことを言った。あぁあ、藪蛇《やぶへび》だなあ！

子供というのは、ほんのささいなことで宇宙の真理を手にしたみたいに幸せになれるものだし、逆にこんな腐った世界なんか滅びてしまえばいいと心の底から思うこともできる。このときに関して言えば、陳珊珊はたとえ悪魔と取り引きをしてでも、みんなの面前で赤っ恥をかかせてくれた霍先生に復讐してやろうと心に誓った。

彼女はまずトイレに先生の悪口を落書きした（ぼくがそのことを知っているのは、ほかの女子がこっそり教えてくれたからだ）。それが誰の注意も惹《ひ》かなかったので、つぎはＳＮＳを駆使した。同時に秀才らしい蛇のようなしつこさを存分に発揮し、先生が都到《トウダ》族の出身だという事実を発掘してきた。

手を高々と挙げた陳珊珊が、毅然と席を立った。「トウダって霧社事件のとき、日本人の手先になっておなじセデックの人たちをたくさん殺しましたよね」

教室が静まりかえった。

「先生の部族は日本人の味方蕃《みかたはん》でした」

彼女の眼鏡が不気味に光り、それから向学心にかこつけて、目を泳がせている先生に「第二次霧社事件」の説明を求めたのだった。

しどろもどろになりながらも、先生は陳珊珊の要求に丁寧に対応した。「蕃《ファン》」というのが「異民族」を意味する言葉だということを、ぼくはこのときはじめて知った。そうか、たしかに蕃茄《トマト》は外国のものだし、だからネイティブアメリカンを「紅蕃《ホンファン》」と呼ぶのか！

日本人はトウダの人たちを味方蕃に仕立てて、蜂起したほかのセデック族を狩らせた。利権と報奨金をちらつかせて。霧社事件が収束したあと、トウダは収容所を襲って日本人に楯突いたセデック族を二百人以上殺した。つまりはこれが第二次霧社事件で、陳珊珊が霍先生を苦しめるためだけに発した質問への回答なのだった。

「日本人が来るまえから、セデック族の内部では衝突があったんだ」先生は細い体に汗をかき、ほとんど言い訳をしているみたいだった。「でも、ぼくたちにはガヤと呼ばれる規範があった。だから、無秩序な暴力行為を避けられた。そこへ日本人が圧倒的な火力で自分たちの規範を押しつけてきた。たとえば森だ。日本人はぼくたちの檜《ひのき》を欲しがった。どんどん伐採した。東京にある明治神宮の鳥居は台湾の檜を使っている。でも、森はぼくたちの祖先の霊が帰ってくる場所なんだ。ぼくたちは森を失い、そのせいで部族間に共有されていたガヤも揺らいだ。だから、あんなことが——」

「だったら霧社事件はやっぱり抗日運動じゃないですか。そのガヤが揺らいだのは日本人が木を伐ったからでしょ？」

「抗日運動という言葉で片付けてしまえば、霧社事件はすっきり理解できる。だけど、それでは物事の本質が見えなくなってしまう。ある出来事の背後には、きみが考えるよりも複雑な要因が絡みあっているんだよ」

「それって部族間の長年の反目感情のことですか？」

「それもある」

「でも、だからって日本人の手先になって同胞を殺していいんですか？」

口さがないこの小賢しいビッチを、ぼくは激しく憎んだ。

「どんなに言い訳をしても、先生が裏切者の血筋だということに変わりはないと思いますけど」

「いや、きみはわかってない」興奮してくると先生は自然と早口になり、ラッパーのような身振りをまじえた。「トウダを裏切者と考えるのは間違いだよ。侮辱されたら仕返しをする、親切にしてくれたら味方する。それが人間というものだ。ちゃんとした資料にあたれば、きみにだってわかるはずだよ。だって……そうそう、そんな書物は千巻万巻……えっと、ちゃんと読まないのは本当に遺憾……知れば知るほど脳みそドッカーン！　一知半解では全身発汗！」

「イェーイ！」思わずパチパチ拍手してしまった。「真厲害《さすがだなあ》！」

「ああ、ごめん、つい……」先生はとりつくろうような笑顔を見せ、また陳珊珊にむきあった。「とにかく、日本人はトウダに親切にした。だから、トウダは日本人の味方をした。たとえ日本人の親切がトウダを操るためだったとしても、トウダにしてみれば親切は親切だったんだ」

陳珊珊は口元に冷笑を浮かべ、勝ち誇ったように着席した。あとは先生が勝手に自滅してくれると知っている顔だった。

放課後、駐輪場でヘルメットをかぶったまま、なにやらノートに書きつけている先生を見かけた。声をかけようかと思ったのだけれど、あまりにも一心不乱で気魄がこもっていたから、さすがのぼくも大人にならざるをえなかった。

とおり過ぎざまに首をのばしてうかがうと、先生のノートは黒くてとげとげした字に埋めつくされていた。ぼくは邪魔にならないように、そっとその場を離れた。校門を出るときにふりかえってみたけど、先生はもとの場所からぜんぜん動いていなかった。なんだか無性に腹が立ってきて、陳珊珊を泣かせてやりたい衝動に駆られた。

まさにそのとき、黒い蝶々が一匹、目のまえをふわふわと飛んでいった。先生のところまで飛んでいくと、その蝶々はノートに吸いこまれて消えてしまった。ぼくはびっくりして、目をごしごしこすった。

乱れ舞う黒い蝶々たちが、まるでなにかの予兆のように、霍先生にまとわりついていた。

陳珊珊の挑発行為は、それからもあらたまることがなかった。

彼女のせいで、霍先生は何度か困ったことになった。そのうちのひとつは、先生がクラブでラップしている写真をどこからか手に入れてきて、「我們的老師是匪徒《わたしたちの先生はギャング》」というメッセージ付きで臉書《フェイスブック》にのせたことだった。それを見た父兄たちが騒ぎたて、そのせいで先生は長時間にわたって校長に釈明せねばならなくなった。ぼくは堪忍袋の緒が切れた。

「おい、陳珊珊、あんまり調子に乗るなよ！」

「なによ、景健武、本当のことじゃない！」

「霍先生はどう見てもギャングじゃないだろ？」

「ふん、いまはヤクザだって外見じゃわからないわよ」

当然の成り行きとして、男子と女子に分かれての罵《のの》りあいになった。陳珊珊があまりにもわからず屋なので、つい手が出てしまった。突き飛ばされた彼女がひっくり返り、ここぞとばかりに地獄のように泣きだす。なにすんのよ、景健武！　女子たちがぼくをなじり、義に厚いアランとペイルンが男子たちを煽《あお》った。やい、三八《馬鹿女》、これくらいですんでよかったと思え！　騒ぎを聞きつけた先生がぴゅうっと飛んできて、ぼくを小突きながら職員室へ引っ立てて行った。気を付けをさせられ、こってり油を絞られた。小一時間ほどして解放されると、誰もいない教室で霍先生が待っていた。

「女の子をいじめたらだめじゃないか」

ぼくは反抗的な態度で帰り支度をした。

「聞いたよ。ぼくのことで陳珊珊と喧嘩したんだろ？」

「べつに」

「ねえ、景健武、自由ってなんだと思う？」

　ぼくは鞄に教科書を詰めこむ手を止めた。

「孤独のことだよ」先生は静かに言葉を継いだ。「自由でいたいなら、孤独を恐れちゃだめだ。理解されないことを恐れちゃだめだ」

「どういう意味ですか？」

「さあ」

「……………」

「きみを待っているあいだに閃いたんだ」先生は例のノートを持ち上げた。「孤独を連れていこう、誠実に、けっして裏切らない孤独を、そうすれば北へ走る高速道路でヒッチハイクするイエス・キリストだってひろえるだろう――意味はぼくにもまだよくわからない。でも、それでいいんだよ。理解されないことを恐れていたら、きっとどこへも行けないから」

「でも、陳珊珊はちゃんとわかってるんです。わかっててあんなことを……」

「おかげで新しい歌ができた。どんなことがあっても、それが言葉を連れてきてくれるかぎり、それはちゃんと意味のあることなんだよ」

　来週ちょっとしたオーディションがある、と先生は教えてくれた。大人が「ちょっとした」なんて言うときはかなり真剣なときだから、それが先生にとってとても大事なオーディションだということは想像がついた。

「いまの歌をやるんですか？」

「ちゃんと仕上がればね」

「いつですか、そのオーディション？」

日にちを教えてもらったけど、ぶっちゃけ、どうでもよかった。ぼくは頭のなかで陳珊珊に仕返しをするので忙しかった。憎しみはひとり歩きし、それが守るはずだったものから遠ざかり、純粋な悪意だけが残されていた。それに、どうせ先生がそのオーディションを受けることはなかったのだから。


その日、霍先生が車に撥《は》ねられた日、先生はMC BONEとして朝からずっとそわそわしていた。

「今日なんだ」休み時間に廊下ですれちがったとき、先生のほうから言ってきた。「オーディション」

ぼくはうなずいた。

「安和路にあるライブハウスなんだけど、受かったら定期的にステージに立てる」

「お金もらえるんですか？」

「すこしはね」

「すごいじゃないですか！　じゃあ、学校なんかに来てる場合じゃないですね」

「悪いけど、午後の授業は休ませてもらうよ」

「もし受かったら、学校を辞めるんですか？」

先生はすこし悲しそうな顔になった。まだ決めてないと言ったけれど、大人が「まだ決めてない」と言うときは、あらかたもう決まっているのだということをぼくは知っていた。ぼくが拳骨を突き出すと、先生もにっこり笑って自分の拳骨をちょこんとぶつけてきた。

「加油《がんばれ》、MC BONE」

「Thanks《ありがとう》, Bro《ブラザー》！」

先生は自分の薄っぺらな胸を拳でトントンとたたいた。眠っている魂に夜明けを告げようとするかのように。それから、職員室のほうへ歩いていった。

廊下の曲り角で、手に黒板消しを持った陳珊珊と鉢合わせした。ぼくに泣かされたばかりだというのに、彼女は顔に曖昧な笑みを浮かべていた。あらゆる意味にとれる微笑だけど、それは仲直りのしるしでは断じてなかった。ぼくたちには仲直りをしなければならない、いかなる理由もなかった。一瞬、彼女の背後に巨大な蛇が見えた。つまり邪悪なものが、という意味だけど。

「聞いてたな?」だから先手を打った。「なに考えてるか知らないけど、いますぐ忘れろ」

「はあ?」彼女が目をそらした。「なんのこと?」

「とぼけやがって!」

ぼくが殴るふりをすると、陳珊珊は金切り声を上げて逃げてしまった。

「今日はやめとけよ!」ぼくはその背中に怒鳴った。「本当に殴るからな!」

そして、先生は車に撥ねられた。

学校を飛び出したところを、出会い頭に撥ねられてしまった。急ブレーキの音が耳にとどいたとき、ぼくたちはちょうど午後の授業の睡魔と闘っていた。鼓膜をこするいやな音に、思わず窓の外に顔をむけた。タイヤの焦げるにおいがしたような気がする。蟬の声がにわかに大きくなり、熱い風が汗ばんだシャツにもぐりこんできた。色褪せたソテツのあいだに見たことのない鳥がうずくまっていたので、ぼくはすぐにブレーキのことを忘れてその鳥に夢中になった。

まさにそのとき、先生の熱い夢は熱いアスファルトの上で血を流していた。焦げつき、死にかけていた。ずっとあとでわかったことだけど、オーディションに臨むべくスクーターにまたがった先生は、後輪がパンクしていることに気がついた。先生は腕時計をにらみ、悲壮な決意を胸に、ヘルメットを脱ぐ間も惜しんで校門を飛び出した。

「不幸中の幸いだったな」と阿華は言った。「ヘルメットをかぶってなきゃ、死んでたかもしんねえぞ」

この件で、ぼくは陳珊珊を責めたりしなかった。証拠がなにもなかったし、パンクしたスクーターのことを知ったのは、彼女が私立の小学校へ転校してしまったあとだったからだ。でも、たとえ転校しなかったとしても、やっぱりなにもしなかったと思う。先生の無念が胸に迫り、怒りで身震いが走るときには、いつも孤独があらわれた。孤独は蝦蟇《がまがえる》みたいだった。疑惑や憤怒や悲しみが蝶々みたいにぼくのまわりを飛びはじめると、どこからともなくあらわれた蝦蟇蛙が片っ端からぱくぱく食べてくれた。

入院した霍先生のかわりに、新しい郷土教学の先生がやってきた。女の先生で、原住民ではなく、筋金入りの哈日族《日本かぶれ》で、女子たちをたちまち虜《とりこ》にしてしまった。けっきょく、この女の先生がずっとぼくたちに原住民語を教えることになった。ぼくたちは手拍子をとりながら、まるで五歳児みたいに原住民の歌を歌わされた。

それから長いあいだ、霍先生を見かけることはなかったし、ざっくばらんに言えば、思い出しもしなかった。ぼくは小学生で、世界は色彩に満ちていて、つぎからつぎにぼくを塗りかえていった。

もしあのまま何事もなければ、この話はこれで終わっていただろう。ぼくは大人になって、小学校のときの先生の不運を、あるときは教訓として、またあるときは面白おかしく誰かに語り聞かせるのだ。

事故から二年ほど経ったある日、霍先生がふらりと紋身街にあらわれた。ぼくは小学校五年生になっていた。

店に入ってきた瞬間、ぼくには霍先生がわかった。だけど、むかしの先生の面影といったら、骨みたいに痩せこけているところだけだった。先生はメジャーリーグの野球帽をかぶり、だぶだぶのジーンズにだぶだぶのTシャツというかっこうで、両腕にびっしりと筋彫りが入っていた。店に入るなり、隅っこのテーブルでビールを飲みはじめた。ぼくの視線に気づき、目をすがめた。ぼくは戸惑い、挨拶しようと口を開きかけたけど、先生のほうが早かった。

「なに見てんだ、この野郎？」

ぼくは慌てて目をそらした。

先生は鼻で笑い、ビールをちびちびすすった。ぼくのことがわからなかったのかもしれない。二年間でぼくの背はかなりのびていたから。そうであってほしかった。先生は不味《まず》そうにビールを飲み、それからお金を払って薄暗い紋身街へと消えていった。

その夜、ケニーがうちにご飯を食べにきたときに訊いてみると、その瘦せっぽちのヒップホップかぶれはビッグボーイの客だということがわかった。顔にも入れるらしいぜ。ケニーがそう言うと、父ちゃんが溜息をついて首をふった。ああいうやつは刺青に取って食われちまうよ。

客足が途絶えた頃合いを見計らって、ぼくはビッグボーイたちのアトリエに行ってみた。ビッグボーイは留守で、弟のシーシーがソファに体を沈め、オットマンに足を投げ出して韓国ドラマを観ていた。

「よう、兄弟」

シーシーが手を差し出し、ぼくはその手をパチンとたたいて挨拶をした。「ビッグボーイは？」

「兄貴なら客を連れて出ていったよ」

「その客ってガリガリのラッパーみたいな人？」

「なんで知ってんだ？」

「ぼくの先生だったんだ」

シーシーは興味なさげにうなずき、またぞろテレビに目を戻した。ぼくは店をぶらつき、壁いっぱいに貼られた刺青のサンプルを眺めたり、ウォーターサーバーから水を飲んだりした。

「あいつ、なんかいやなオーラが出てたな」銃を乱射する韓国人を見つめながら、シーシーがあくびをした。「だから、兄貴はあいつを鮑魚《アワビ》に紹介するって言ってたよ」

「チンピラのアワビに？」ぼくは喧嘩腰になった。「なんでそんなことすんのさ？」

「アワビのメシのタネは誰かの不幸だからさ」

「意味わかんないし」

「蒼蠅不叮無縫的蛋（ハエはひびの入ってない卵にたかることはない。つまり、厄災がふりかかるのは自分にも非があるという意）、アワビだけを責めるわけにはいかないぜ」

「……」

「それにどうせ誰かを不幸にするんなら、自分から不幸になりたがってるやつのほうがいいだろ？」

五十インチのテレビ画面を吹き飛ばすほどの大爆発が起こり、シーシーがにやっとした。ぼくはむっとして、挨拶もせずに店を出た。シーシーはずぼらなかっこうで韓国人の殺し合いを見守っていた。

どうでもいいときはそこらじゅうにいるのに、いざこっちが会いたいと思ったときには影も形も見当たらない。それがアワビという男だった。アワビとばったり出会うことを期待しているうちに半年が経ち、一年が過ぎ、先生の記憶にまたゆっくりと分厚い埃《ほこり》が降り積もっていった。

つぎに先生の顔を見かけたのは、中学に上がった年だった。ぼくは十三歳になっていた。

いつものように父ちゃんの朝刊を買いに行ったとき、第一面に印刷されている先生のカラー写真が目に飛びこんできた。ぼくは街角に立って、その記事を貪《むさぼ》るように読んだ。霍明道容疑者が女子中学生を襲ったという内容だった。

地下鉄のなかで霍先生がいきなり暴れだし、被害者の女子中学生をさんざん殴りつけたとのことだった。未成年なので女子中学生の名前は伏せられていたけど、すぐに仲内のSNSでそれが陳珊珊だということが広まった。新聞に載った事件現場の写真を見るかぎり、陳珊珊はもうあのダサいピンク色の眼鏡をかけてなくて、髪が長くなっていて、すこしだけ綺麗になっていた。人々に取り押さえられた霍先生のほうは憎しみに顔をゆがめ、色鮮やかな刺青が押し合いへし合いしている腕をふりまわしていた。

泣くに泣けず、笑うに笑えなかった。阿華にいろいろ訊きたかったけれど、阿華はそのすこしまえに「金が貯まったから出ていくぜ」と言い残して、ぴかぴかの自転車を担いで南米大陸へ渡ってしまっていた。

ぼくは霍先生のことを母ちゃんのスマホで検索した。「霍明道」で検索してヒットするのは事件のことばかりで、「MC BONE」で検索して出てくるのはずっとむかしの夢だけだった。やがて、検索するのをやめてしまった。霍先生がいつ刑務所から出てきたのかは知らない。いまどうしているのかも。もしかすると、とっくに虹の橋を渡ってご先祖様たちのところへ行ってしまったのかもしれない。

それでも、ときどき遠くから聴こえてくる。

孤独を連れていこう
誠実に
けっして裏切らない孤独を
そうすれば北へ走る高速道路で
ヒッチハイクするイエス・キリストだって
ひろえるだろう

ついに歌われることのなかった詩《うた》、リズムをあたえられなかった言葉、部族の骨に美しく刺青した孤独——それは誰もいない放課後の教室で、ぼくのためだけに歌われたやさしい詩だった。わびしい廃墟と化しつつある先生との思い出のなかで、その詩だけがまるで白いシーツをかけられているみたいに、押し寄せる忘却を寄せつけない。陳珊珊を突き飛ばして職員室で叱られたあの日、ぼくは自分のようなものでも誰かの蝶々になれるのだと知って、とても驚いた。走って帰って、阿華の屋台に飛びこんだ。で、一部始終をまくしたてた。先生が言ったんだ、どんなことがあっても、それが言葉を連れてきてくれるかぎり、それはちゃんと意味のあることなんだよって。

「ふぅん」お客さんのタピオカミルクティーをつくりながら、阿華はちらりとぼくを見下ろした。「なかなか面白《おもしれ》ぇ先公だな」

あとは跳ぶだけ

これからするのは、レオという人の話だ。本当の名前は王立《ワンリィ》というらしいけど、ぼくは会ったことがない。もっと言えば、縁もゆかりもない。

じゃあ、なんで赤の他人の話をするのかといえば、レオの身に起こったいろんなことがとても印象深いうえに、ぼくたちになにか大事なことを教えているように思えてならないからだ。

ぼくたちは子供のころからずっと、本気で願えばどんなことでも叶うと教えられてきた。だけどたいていの場合、本気で願ったものとは似ても似つかないものを摑まされる。

レオだってそうだった。彼の身にはもちろん厄災がふりかかる。そして、ぼくたちのひとりひとりとおなじように、その厄災にぺしゃんこにされてしまう。でも、レオは粘り強く運命に抗《あらが》い、不様に這《は》い上がり、かなりのところまで彼が望むものに近づく。そう、ぼくが知っているどんな大人よりも。

レオのことを彫り師のケニーから聞いたのは、夏休みに入ったばかりのある暑い日のことだった。日盛りに、ぼくは阿華《アファ》の珍珠奶茶《タピオカミルクティー》屋台で油を売っていた。客足の途絶えた自分ちの店では、ランニングシャツをたくし上げた父ちゃんが扇風機を占領していたので、居場所がなかった。母ちゃんは店の隅っこで新聞を読んでいた。

その年の夏は炎暑という言葉ではおっつかないくらい暑くて、連日四十度に迫る勢いだった。中華路を走る車は蜃気楼に呑まれ、アスファルトから立ちのぼる熱気で空気まで燃えていた。息をすると肺が焼けた。鳥たちは飛ぶ気にもなれず、ふらふらと大通りに舞い降りては車に轢《ひ》かれて死んでいった。

ままあることだけど、その日、紋身街《もんしんがい》の彫り師たちはたまたまおなじ時間に仕事が暇になり、たまたまおなじ時間に喉《のど》の渇きを覚え、そしてたまたまおなじ時間にタピオカミルクティーのことを考えた。ケニーのやつが考えなしに刺青を消すためのクリニックを開きたいと打ち明けたのは、一同が汗まみれで阿華の屋台に集合したときだった。

「消すくらいならはじめから入れるな……なんて言うのは簡単なんだけどね」甘い茉莉花奶茶《ジャスミンミルクティー》を飲みながら、寧《ニン》姐さんが溜息をついた。「やってみなきゃわかんないことってあるし」

「おれが言いてえのもまさにそこよ」ケニーがパチンと指を鳴らした。「みんな軽い気持ちで体に墨を入れてくけど、一度入れちまったら簡単にゃ落とせねえ。だから、これからの紋身街も刺青を彫るだけじゃなく、消すことも考えたほうがいいわけよ。みんなで金を出しあって刺青を消すクリニックをつくったら儲けは堅いぜ」

タトゥーショップだらけの通りで食堂をやっていれば、どうしたってこの手の話に詳しくなってしまう。つまり、刺青を入れたり消したりする方法に。

刺青を消すには、いくつかやり方がある。まずはメスで切り取る方法だ。刺青が入っているところを切り取って、残った皮膚《ひふ》をひっぱってちくちく縫いあわせる。半年ほどで傷が癒《い》えるので、もしも図案が大きくて一回で消せないときは、おなじことを辛抱強く繰り返す。言うまでもなく血が出るし、その醜い傷跡は一生消えない。

刺青を切り取って、太腿《ふともも》とかの皮膚を移植するやり方も聞いたことがある。これも当然血が出るし、しかも二カ所から血が出る。たぶんいっぺんにパパッと消しちゃいたい人がこの方法を採るんだろうけど、実際にこの目で見たとケニーが誓って言うことには、移植した皮膚が定着せずにドロドロに溶けてしまうこともあるらしい。

レーザー光線を当てる？　うん、たしかにそれもひとつの手だ。ただし、カラフルな刺青には効き目がない。なぜなら、レーザーに反応するのは黒だけだから。黒い刺青にレーザーをビビビッと当てると、その部分が沸騰《ふっとう》してデコボコのケロイド状になる。まあ、ひどい火傷みてえなもんだな、と阿華は言っていた。で、これを何度も繰り返して、刺青をだんだん薄くしていく。

「けどな、小武《シャオウ》」猪小弟《ピッグボーイ》がぼくを怖がらせようと、わざと顔をしかめてみせる。「レーザーが当たるとものすごく痛《いて》ぇんだぞ」

「レーザーってさ、すごくお金がかかるんだよね」ぼくはガキ扱いされてなるものかと、そんなことはとっくに知ってるよ、というふりをする。「効き目があんまりない人もいるしさ」

「刺青ってのは結婚みてえなもんよ」彫り師でもなんでもないくせに、阿華がいつものように知ったかぶりをした。「入れるより消すほうがうんとたいへんなんだ。結婚とちがうのは、てめえの馬鹿さ加減がガキに遺伝しねえってことだけさ」

「で？」ケニーが期待に満ちた目で一座を見まわす。「どう思う？」

「豚の頭で考えたことね」ニン姐さんが誰憚《だれはばか》ることなくそう言った。「除去手術ってことになったら医師免許がいるのよ。クリニックって簡単に言うけど、いくらかかるか知ってんの？」

「いくらだよ？」

「あたしが知るわけないでしょ！　そんなことより、あんたはいま自分が大した仕事をしてないって認めたことになるのよ。魂をこめて彫ってないから、簡単に消せばいいなんて言えるのよ」

「偉そうに言うな」ケニーがいきり立った。「おれらがいくら魂をこめようが、刺青を消そうってやつはいなくならねえんだぞ」

「あたしの客にはそんな人いない」ニン姐さんはミルクティーを飲み干し、屋台に吊るしてあるゴミ袋にカップを投げこんだ。「たとえいたとしても、あたしの魂を消すつもりならそれなりの代償を払ってもらう。こんなところでお手軽に消させやしない」

ケニーがニン姐さんに半眼を据え、ニン姐さんのほうも目をそらさなかった。

西部劇的な汗が頬を流れ落ち、首のうしろを西陽がじりじりと灼《や》く。緊張が高まり、ぼくはふたりがいつものように激しく怒鳴りあうのかと思った。

そうはならなかった。喧嘩をするには暑すぎる日だったのだ。ふたりは相手を否定するような溜息をついただけだった。

所在をなくしたケニーがありえないやり方で刺青を消した男の摩訶不思議な話をしたのは、このときだった。ガキのころから知ってるやつで、おれはむかしから太ってたけど、そいつはガリガリの痩せっぽちだったんだ——とまあ、こんな調子で唐突にはじまった。

ガリガリのレオの父親は大酒飲みだった。

飲みだすと、際限なく飲んだ。夜も更け、飲み仲間が酔眼《すいがん》をしばたたかせ、そろそろお開きにしようと言いだしてからが本領発揮の筋金入りである。じゃあ、最後にもう二本だ！　レオの父親はそう叫んで、すでに気持ちのいいベッドに心を奪われている仲間たちを引きとめた。あと二本だけビールを飲んだら帰ろう。

二本と言って二本ですまないのが酔っぱらいの常で、もちろんレオの父親もそうだった。二本飲んだらまた二本、それからまた二本、さらに二本、もうぜったいにこれが最後だからと誓っては二本、しまいにはここまで飲んだんだからもういいじゃないかと開き直って二本注文するので、みんなから王二本と呼ばれていた。

ビールを飲むとトイレが近くなるのは古今東西、永劫不変《えいごうふへん》の理《ことわり》だけど、王二本も一杯飲んでは用を足し、二杯飲んでは用を足すので、レオの母親はいつも天を仰いで大声で夫を罵った。

「どうせ飲んだら飲んだだけ出しちゃうんだから、いっそのことビールをそのままトイレに流したほうが楽だろうにねえ！」

彼の飲みっぷりときたら、酒瓶が空っぽになれば胸の裡《うち》も空っぽになるんだと言わんばかりだった。

そうは言っても、王二本はけっしてごくつぶしなどではなく、信念も腕もある編集者だった。一九八〇年代には当時日本で流行していた作家の本をたくさん出して儲け、一九九六年の総統選挙を転機に勤めていた大手出版社をあっさりと辞め、気骨ある数人の仲間とともに独立系の小さな出版社を立ち上げた。

彼らは欧米の詩や小説を中心に出版し、本国でさえ誰も知らないような詩人や作家を数多く台湾に紹介したが、本国でさえ誰も知らないのだから儲かるはずもない。これまでいっしょにやってきた仲間がひとり、またひとりと去り、二十一世紀になるころにはとうとう王二本ひとりだけになってしまった。それでも彼はくじけず、出せば出すだけ借金のかさむ本を出しつづけた。彼自身でさえ、本を出しているのか赤字を出しているのかわからなくなることがあった。

そんな王二本を支えたのは、生活の面では糟糠《そうこう》の妻、そして精神面では奥登《オーデン》だった。イギリス生まれで、のちにアメリカに渡った詩人である。

危機感を失ってはならぬ
たとえゆるやかに見えたとしても
道は疑いようもなく峻険だ
いくら眺めていてもよいが、しかしきみは跳ばねばならぬ

「どういう意味なのさ？　いくら眺めててもいいんなら、そんなに危ない道じゃないんじゃないの？」

ぼくが思わず口をはさむと、阿華にパチンと頭をはたかれてしまった。

「大人の話にガキが口出しすんな」それから、自信なさげにみんなを見まわすのだった。

「こりゃ、あれだよ……やるときゃやれってことだろ？」

ピッグボーイがうなずき、ニン姐さんは肩をすくめ、ケニーは額に玉の汗を浮かべながら話をつづけた。

ひとつのことに夢中になるとまわりが見えなくなる王二本は、くわえ煙草で校正刷りを読むときも読んだ端からどんどん投げ捨てていくので、家中に紙が白い花のように散乱した。奥さんに叱られてもいっこうにあらためようとせず、友達にからかわれるといっそう面白がり、自宅に「花文居《ホアウェンジュ》（「花」には人をたぶらかす、色とりどりの、浪費するなどの意がある）」と屋号をつけるほどだった。

「おれの価値観をおまえに押しつける気はない」王二本は息子に言った。「たとえおまえが中卒で一生を他人に仕えて生きたとしても、そこにはおれのあずかり知らないよろこびや幸福があるかもしれん」

レオはうなずいた。

「だがな、息子よ、これだけは憶えておけ。跳ばなきゃならんときに跳べないやつのよろこびや幸せは偽物だ」

父親の言葉はレオのなかに深く根を下ろし、中学ではじめて煙草を吸ったときも、高校二年生ではじめて刺青を入れたときも――ケニーといっしょに、ふくらはぎに縁起物の小さな蝙蝠を彫った――、高校を出て役者になる決心をしたときも、ここが跳び時だと心得て人生の扉を勇敢に押し開けていった。

そのたびに、王二本は溜息をついて首をふった。

「おまえはなにもわかってない」と、ぼやいた。「そういうのは跳ぶとは言わないんだ」

レオには理解できなかった。煙草も刺青も役者の道も、彼にしてみれば人生を懸けて跳躍したつもりだった。オーデンは同性愛者で、ファシズムとも闘った、と父親は息子に教え諭《さと》した。だから彼が跳べと言うとき、それは馬鹿な十代のガキが不良になるのをそそのかしているわけじゃないんだ。わからないよ、とレオはふてて言った。おれにもわかるように言ってよ、父さん。あの時代に同性愛者だったんだぞ、王二本は噛んで含めるように言った。同性愛者として生きていく場所を勝ち取るためには、いまとはくらべものにならないくらいたいへんだったんだ。息子は素直にうなずいた。つまりな、と父親はつづけた。オーデンの跳躍は生存のためのジャンプ、不自由な境界線を飛び越えるための飛躍なんだよ。

「あいつが刺青を入れるようになったのは、そんな親父に対する反発だったのかもしれねえ」とケニーは言った。「反発ってのはけっきょく認められたいってことだからな。じゃなきゃ、たんにアメリカにかぶれてたんだ。おれやおまえらとおなじようにな」

「はあ？　アメリカにかぶれてんのは――」

「よせ」まなじりを決したニン姐さんを黙らせたのは、阿華だった。「おまえの悪いところはそうやって他人を頭ごなしに否定することだ」

ニン姐さんは阿華をにらみつけ、みんなに聞こえるように舌打ちをした。でも、その場を立ち去りはしなかった。

「彫り師になろうと思ったら、まずは自分の体で練習するだろ？」これを見てくれといういう感じで、ケニーは彫り物だらけの両腕を広げた。「レオは自分からおれの練習台を買って出た。もちろん、ことわったさ。親友の体をおれの落書きで台無しにしたくねえ。

でもな、あいつが言うんだ。『いまがおまえの跳び時なら、それはおれの跳び時でもあるってことさ』」

それでもケニーは気を遣って親友の腕や脚には彫らず、あまり人目につかない胴体にいくつか自信作を——おどろおどろしい髑髏や牙を剝く毒蛇などを入れてやった。

紋身街で暮らしているとよくわかるのだけれど、ぼくたちの社会では、刺青というのは自分が日陰者だと宣言するようなものだ。そして、日陰者には人生の裏側を見てきたかのような魅力がある。だから兵役時代のレオが、そのガリガリの体にもかかわらずまわりからいじめられなかったのは、刺青の放つ無言の殺気のおかげだとも言えた。すると、虎の威を借る狐とおなじで、レオもしだいに刺青の威を借るようになった。わかるだろ、とケニーはみんなに同意を求めた。

「突き詰めりゃそれが刺青を入れるってことだからな」ビッグボーイが言った。「それからもなんか彫ってやったのか、ケニー？」

「オーデンの詩とかな」

「そもそも、あんたはなんで彫り師になろうと思ったの？」ニン姐さんが尋ねた。

「うまく言えねえな」ケニーは手に持った氷なしミルクティーを見下ろした。「でも、ガキのころに読んだ芥川龍之介の『地獄変』の影響はあると思う」

どんな話だそりゃと訊く阿華に、ニン姐さんが手短に答えた。「自分の娘が火に焼かれるのを黙って見てる絵師の話よ」

「え？」ぼくは耳を疑った。「その絵師はなんでそんなことをしたの？」

「地獄の絵を描くためよ」

あきれ返ってものが言えなかった。絵を描くために血を分けたじつの娘を焼き殺す父親だって？

炎に包まれる美しい娘の姿が、目のまえに大写しになった。彼女は燃えるような赤い着物を着ていて、そして文字どおり燃えている。長い黒髪に炎がぽつぽつと燃えうつる。火焰の巻き起こす風に、壮麗な着物がはためく。炎上する娘をにらみつけながら、狂った絵師が血走った目でスケッチしている。

「芸術ってのは狂気から生まれるんだ」衝撃を受けて茫然としているぼくの頭を阿華がくしゃくしゃにした。「だから、おれらにゃ理解できなくて当然なんだよ」

「でも！」ぼくは夢から覚めたみたいに声を張り上げた。「ケニーはその本を読んで彫り師になろうと思ったんでしょ？」

「そうなっちまうのが恐ろしかったし、そうならねえのも恐ろしかったんだ」ケニーが言った。

「なに言ってんの？　そいつ、自分の娘を焼き殺したんだよ！」

「火をつけたのは大殿様だけどな」

「おなじじゃん！　イジメに対してなにも言わないのはイジメとおなじなんだよ！」

「でもな、なんか……本物だって気がしちまったんだな」

「はあ？　バッカじゃないの⁉」

「あんたのことをただの商売人だと思ってたわ」ケニーにむけられたニン姐さんの目は、驚いたことに、とてもやさしかった。「で？　そのレオってやつはどうなったの？」

目をしばたたきながら、ケニーは先をつづけた。

ぼくはそれどころじゃなかった。狂ったやつらに火をかけられた哀れな娘のことがガツツリと脳みそに食らいついていた。

見やると、細い路地の向かいにあるうちの食堂で、父ちゃんが犬みたいに舌を出して扇風機にあたっていた。父ちゃんが芸術家じゃなくて、本当によかった。すぐにぼくのことをぶん殴るけど、すくなくとも火をつけたりはしない。

大人になってからも、ぼくはこのときのことをよく思い出した。まるで土に埋められた死骸のように、芥川龍之介の呪われた小説はぼくのなかで分解され、九歳の幼い精神に吸収され、その後、芸術という言葉や概念にいつも影のようにつきまとうことになる。

そのせいで、ケニーの話をすこし聞き逃してしまった。でも、問題はない。大人たちの話がしばしばそうであるように、すこしくらい聞いていなくても、大筋にさしたる影響はないからだ。

で、レオがどうなったのかといえば、ぼくが気づいたときにはすでに激しい恋に落ちていた。

兵役をすませたガリガリのレオは劇団に入り、そこで将来をともにしたいと思える女性と出会った。

背は低いけれど、いつも好奇心に目を潤ませている娘で、そのしなやかな体からは生命力が溢れていた。人生にまつわるあらゆることには意味があり、その意味を探求し味わいつくすことこそが彼女の人生そのものだった。舞台では端役しかもらえなかったけれど、レオの目には誰よりも輝いて見えた。

「それでもやるしかないの。才能なんて関係ない。だって、この道が好きなんだもん。やるか、やらないか、大事なのはそれだけよ」

そう言い切る彼女は、オーデンの詩そのものだった。

「あなたの刺青が好きよ」彼女はレオの体に刻まれた髑髏を指先で撫でた。「刺青っていろんなことを証明してると思う。そのほとんどが弱さだけど、すくなくともあなたは自分の弱さがわかってる」

レオには彼女の言わんとすることが完璧に理解できた。言葉にすると陳腐だけど、それは誰もが胸の裡に秘めている怒りや悲しみや憧れのごった煮のことだった。やるか、やらないか。跳ぶか、跳ばないか。詩も刺青もこれまでの人生も、すべては彼女と出会うためだったのだ。彼女とともに在るのは星座の運行や潮の満ち引きとおなじようにあたりまえで、同時に人知を超えた大いなる奇跡だった。

恋人たちはこつこつと時間と感情を積み重ね、そしてとうとうふたりで歩む未来しか見えなくなったところで、レオは彼女を両親に引き合わせた。レオの両親は彼女を気に入ったし、彼女のほうもそうだった。会話ははずみ、笑い声は絶えず、思いやりに満ちた眼差《まなざ》しに見守られてその夜は更けていった。

それから、彼女はひんぱんにレオの実家を訪れるようになった。たとえレオが家にいなくても、レオの母親に料理を教わったり、父親の文学談議にいやな顔ひとつせず付き合った。そして帰宅したレオを、三人がそろってあたたかく出迎える。

レオは幸せに目を細めた。彼の前途はまさに薔薇色だった。人生があまりにも素晴らしすぎて、誰かが自分をペテンにかけるなんて思いもよらなかった。ましてやそのペテン師どもが自分のすぐそばにいるなどとは、夢にも思わなかった。

世界の終わりは突然、なんの前触れもなくやってきた。

四月のある日を境に、彼女とぱったり連絡が取れなくなった。携帯電話にかけても電源はいつも入っておらず、いくらショートメールを入れても返事すらなかった。役者仲間に尋ねてもいっこうに要領を得ない。三日間悶々《もんもん》と過ごしたあげく、レオは矢も楯もたまらずスクーターをすっ飛ばし、彼女が間借りしている永和《ヨンホォ》まで行ってみた。

大家さん一家はちょうど夕食の最中で、玄関から食卓を囲む人々が見通せた。油で揚げた魚のにおいが立ちこめていた。もう出ていったよ。油でてかった口をもぐもぐ動かしながら、応対に出た中年女性が教えてくれた。

「いつですか？」レオは勢いこんだ。「彼女はいつ出ていったんですか？」

「もうかれこれ二、三週間になるかねえ」

大家さんがそう言うと、食卓に突っ伏してご飯をかきこんでいた小学生の息子が声を張り上げた。彼氏と暮らすんだって言ってたよ！　茫然と立ちつくすレオを哀れに思った大家さんが、すまなそうに言った。あんたもいっしょにご飯を食べてくかい？　レオは回れ右をした。

「菩薩様がちゃんと見てるよ！」大家さんの声が追いかけてきた。「もう悪いことは起こっちまったんだから、つぎはいいことがあるよ！」

　大家さんの気休めは、けっきょくのところ、気休めでしかなかった。この世には恋人をほかの男に盗《と》られるよりも悪いことがいくらでもある。たとえば、その姦夫《かんぷ》が自分の父親だった場合だ。

　失恋の痛手に三日三晩深酒して家に帰ってみれば、尾羽《おは》打ち枯らした母親がこう打ち明けた。

「あんたのお父さんはね、あのろくでなしはね、あんたが連れてきたあの妓女《アバズレ》と人生をやり直すんだって出ていったよ」

「てめえの親父がてめえの彼女とデキちまうなんてことがあるか？」ケニーが首をふった。「どんな世界だよ！　かわいそうにレオのやつ、なにがどうなってんのかさっぱりわかんねえって泣いてたよ」

　ぼくは阿華がなにか時と場合をわきまえない真実を言うかと思って待ってみたけど、阿華は「幹《くそ》」と低くつぶやいただけだった。

　そんなことがあって、レオは太りだした。

　過食症になった。いくら食べても空腹と心にぽっかりあいた穴が満たされることはなく、もともと六十キロくらいしかなかった体重がほんの一年で百キロを超え、二年で百三十キロ、三年で百五十キロを突破し、さらに不要どころか有害な脂肪を着実に溜めこんでいった。

毎日朝からピザやハンバーガーを二リットルのコーラで胃に流しこみ、昼はフライドチキンや出前の豚足弁当をどっさりたいらげ、おやつにはコストコで売っているような十人がかりでも食べきれないポテトチップスやソーセージをパックマンのように食い散らかした。カーテンを閉ざした薄暗い居間にひとり腰を据え、五リットル入りのアイスクリームをしっかりと抱きかかえ、暗い目をしてひとさじずつゆっくりと口に運んだ。口になにも入っていないことがなかった。夜は夜でステーキを何枚も貪《むさぼ》り食い、ビールをがぶがぶ飲んだ。夜食はまた別腹なので、母親にたのんで鹹酥鶏《シエンスウジィ》や胡椒餅《フウジャオビン》（胡椒の利いた肉を詰めたお焼き）を何度も買ってきてもらわなければならなかった。あまりにも母親が頻繁に屋台を訪れ、しかも買う量が尋常ではなかったので、しまいにはレオの胃袋を当てこんで家のまえに屋台が立つ始末だった。

こういう生活はひとりぼっちでつづけられるものではない。かいがいしく息子の世話を焼いたのは、言うまでもなく母親だった。

夫に捨てられた心の穴を、レオの母親もまた持て余していた。彼女は息子の言いなりになることでどうにか心の平衡を保ち、世間に復讐をしているつもりになれた。とのつまり、彼女の世界は夫の出奔《しゅっぽん》とともに崩壊してしまったので、彼女を形づくるものもすべて木端微塵《こっぱみじん》に吹き飛んでしまった。瓦礫《がれき》にうずもれた古い価値観のうえに彼女はどうにか新しい秩序を構築せねばならず、しかも行き場を失った愛情にははけ口が必要だったので、それがひとり息子を溺愛するというかたちを取ったのだ。

レオは底なしに食らい、天井知らずに肥え太っていった。食べているあいだだけ自殺という二文字を忘れることができたけれど、食べれば食べるだけ死に近づいていった。

はち切れんばかりに張りつめた皮膚のせいで、腹に彫った髑髏はパンダに化け、毒蛇は細長いロープにしか見えなくなった。それでも、左胸のオーデンの詩だけはほとんど形が崩れず、まるで邪悪な呪いのように彼に取り憑《つ》いていた。〈Leap Before You Look《見るまえに跳べ》〉鏡に映してそれを見るたびに、父親だとは金輪際《こんりんざい》認められない男を焼きつくす殺意の青白い炎が胸にともる。そのせいで、レオはほとんど風呂にも入らなくなった（歯を磨くのはとっくにやめていた）。でも、心配はご無用。風呂なんかに入らなくても、彼の巨体を嬉々として拭いてくれる母親がつねにそばにいたのだから。

人づてにレオの惨状を聞いたケニーは、お門違いの責任感に駆られて彼を訪ねていった。心のどこかで、レオを救えるのは自分しかいないと思っていた。

「なんて言ったらいいかわかんねえけど、レオ、このまんまじゃだめだぜ」

レオは眠たげな目をむけるだけで、手摑みでフライド・オニオンリングを口に押しこむのをやめなかった。たるみにたるんだレオの体をまえにすると、デブのケニーでさえ健康的に見えた。

「なあ、兄弟」ケニーは親友の汗ばんだ肩に手をおいた。「新しい刺青でも入れるか？　おまえは食うことに依存しちまってる。無理もねえとは思うけど、死んじまうぞ。どうせ依存するなら刺青に依存しなよ」

レオはオニオンリングを咀嚼《そしやく》し、油でぎとついた手をソファでぬぐった。それから、難儀そうに顔をふりむけてきた。

「幹《くそ》、都是你《みんなおまえのせいだ》！　おまえがおれに刺青なんか彫りやがったから、人生がこんなふうになっちまったんだ」

「そりゃないぜ、レオ」ケニーは困惑した。「おまえがおれの練習台になってもいいって言ったとき、おれは止めたはずだぜ」

「本気で止めたかよ？　顔に書いてあったぜ、友達ならこれくらいのことは協力してくれるはずだってな。おまえもあのくそ女もおれのくそ親父も、みんなおなじなんだよ。どいつもこいつも他人を破滅させるための屁理屈をどっさり持ってやがるんだ」

ケニーは口をつぐんだ。

「見るまえに跳べだあ？」レオが笑うと腹が波打ち、食べかすがボロボロ落ちた。「ハッ！　まったくのところ、便利な言いぐさだよな。跳んで落っこちても自分のせいだし、成功すりゃ焚《た》きつけたやつのお手柄さ。おまけにその屁理屈は、てめえが他人を裏切るときにも使えるんだからよ！」

生きるための飛躍は、そう、ほかの誰かを踏み台にしなければならないこともあるのだ。

さて、食って寝るだけの人生にもなにかと有為転変はある。とくにこのネット社会においてはそうだ。食えるだけ食って腹がくちくなったあと、眠気が襲ってくるまでのほんの短いあいだ、脳みそに明晰さが蘇ることがあった。いったいどうすれば王二本に復讐をすることができるのか？　レオは考えた。この体が風船みたいに破裂してしまうまえに、どうやったらあの女に罪を自覚させることができるだろう？　カーテンを閉め切った暗い部屋にひとり巨体をソファに沈め（ソファのスプリングはもう限界で、身じろぎするたびに耳障りな音を立てた）、食べ残しが散乱するセンターテーブルをにらみつけながら、レオはスマホを手繰り寄せた。食卓にすわってうつむいている母親をうかがう。音を消したテレビ画面の光が、壁に冷たい色彩を投げかけていた。何度か舌で唇を舐める。それから、あのアバズレのインスタグラムを開いた。

彼女が訪れた場所、つくった料理、街角の猫、感傷的な黄昏《たそがれ》の写真などをスクロールしていくと、雪景色のなかで王二本と写っている写真に行きあたった。どうやら、ふたりで北海道へスキーをしに行ったらしい。白銀の世界で、雪焼けした彼女が王二本の腕に抱きついていた。王二本はゴーグルをつけている。なんの気がかりもなさそうに笑っていた。

レオはスマホを閉じ、かなり長いあいだ考えこんだ。このまま幸せの青い鳥に糞を落とされっぱなしの人生でいいのか？　それから、何度か勢いをつけてソファから体を起こした。

「トイレかい？」

母親が尋ねた。それ以外の目的でレオがソファから立ち上がることは、ほとんどなくなっていた。いまやソファのまわりが彼の全宇宙だった。寝起きだけでなく、小用くらいならどこへも行かずにペットボトルで足していた。

「お尻を拭くときは呼んどくれよ」

レオがむかったのはトイレではなく、台所だった。

「お腹がすいたのかい、息子？」

母親の声を背中に聞きながら、彼は包丁立てから中華包丁をすらりとぬいた。じっと包丁を見つめ、何度かふり下ろし、それを持ってよたよたと玄関にむかった。

「おまえ、そんなものを持ち出してどうしようってんだい？」母親が慌てて追いかけてきた。「まさか、おまえ、まさか……」

レオがふりむくと、母親の顔を染めていたのは恐怖ではなく、期待だった。やっと気がついてくれたんだね、と言わんばかりに目を輝かせていた。彼女は玄関を開けてくれただけでなく、包丁を隠しておけるようにと紙袋を息子に持たせ、サンダルまでそろえて出してやった。

レオは階段をゆっくりと下りていった。三階から二階へ、そして一階へ着くころには激しい息切れと眩暈《めまい》に襲われて、もう一歩たりとも歩けない状態だった。アパートの支柱に摑まり、ゼエゼエ喘ぎながら呼吸を整えた。額から汗がぽたぽたと滴《したた》り落ちる。心臓の常ならぬ鼓動が収まるのを待って、またえっちらおっちら階段をのぼって自宅へ帰った。もう一度呼吸と鼓動を整えてから呼び鈴を押す。鉄の防犯扉を開けてくれた母親の顔に失望の色はなく、あきらめがあるばかりだった。おかえり、と彼女は言った。ただいま、とレオは言った。

「人間ってやつはささいなことで転落しちまうし、ささいなことで立ち直るもんなんだ」ケニーは話を継いだ。「おれの知るかぎり、レオはこのときから人が変わったみててえにダイエットをはじめた」

あの運命の日から数えて五年の月日が流れていた。父親と恋人が手に手を取って駆落ちしたあの呪われた日から。

人を殺そうにもこのままでは無理だ。レオはできることからはじめた。食べる量を減らし、階段を上り下りし、役者時代に打ちこんだ発声練習を毎日欠かさなかった。あせりはなかった。五年かけて太ったんだ、と彼は自分に言い聞かせた。また五年かけて痩せたらいい。

くじけそうになると中華包丁を手に取り、握りの感触をたしかめた。すると血まみれの王二本とアバズレが命乞いをする画がありありと眼前に浮かび、ひとりでに暗い笑みがこぼれた。切羽詰まった食欲に屈したことも一度や二度ではない。だけど、そんなときは決まって自己嫌悪に駆られて、よりいっそう厳しいダイエットに取り組んだ。日本のロックバンド、ミッシェル・ガン・エレファントのCDを爆音でかけながら、筋トレにも励んだ。スクワットや腹筋をやると、いつも汗の水溜りができた。

さっきまでがアタマの中ではねた

転がりは見えないままでがなる

踊るロマンのチミドロで
軽くなるだけあとはトぶだけ

日本語の歌でもあるし、インターネットで調べた歌詞を自分なりに翻訳してもさっぱり理解できなかったが、とにかくこの期に及んでは「あとは跳ぶだけ」だった。

努力の甲斐あって、体重はすこしずつだが着実に落ちていった。一年も経たないうちに近所をひとりで散歩できるようになり、二年が過ぎるころにはそのへんを軽く走りまわれるようにさえなった。すると、体重がさらに落ちた。無為徒食、無芸大食の終焉《しゅうえん》を告げる鐘がおごそかに鳴り響いた。

そんな調子で減量に没頭しているうちに、自分でも気づかない変化が忍び足で訪れた。正味の話、三年目はほとんど誰のためでもなく、ただ自分のために、自分を嫌いにならないためだけに日々の運動を黙々とこなした。食事を制限し、身ぎれいにすることを心掛けた。だらしない生活を反映しただらしないかっこうと決別し、定期的に床屋へかよって髪をさっぱりと刈り上げてもらった。すると、荒れ果てた魂にはびこる雑草まできれいに刈り取ってもらったように感じた。

歯車が正しく動きだした。

レオのたたずまいからは、一度地獄を見てきた人間だけが持ち得る凄味が滲《にじ》み出た。おだやかに話しているだけなのに、その声には聞く者の心を動かし、納得させる響きがあった。劇団に復帰した彼がほどなく戦争をテーマにした芝居の重要な脇役に抜擢されたのは、そんなわけで、ごく自然の成り行きだったのである。役者たちが求めてやまない、いわば「存在そのものの説得力」とでも呼ぶべきものが備わったのだから。

見るまえに跳べ――事ここに至っては、認めないわけにはいかなかった。ある人をどんなに憎んだとしても、その人からあたえてもらった正しいものまで憎む必要はないし、それが自分を支えてくれることもある。生きるのだ、誰のことも踏みつけにせず、おれは生きるのだ。

さあ、舞台に立つとなると、痩せたおかげで不様にたるんだ皮をどうにかせねばなるまい。ここでもレオに追い風が吹いた。お祖父ちゃんに取ってもらいなさい、と母親が言ってくれた。

「あいつの祖父さんってのが外科医だったんだ」ケニーがそう言うと、阿華たちが讃嘆の親指を立てた。「レオは五年かけてデブって、五年かけて痩せた。で、たるんだ皮ごと刺青もきれいさっぱり切り取ってもらったってわけよ」

「きれいさっぱりってのは語弊があるわね」とニン姐さん。「刺青がなくなっても、レオの体はフランケンシュタインみたいにつぎはぎだらけになったはずよ」

「それだっていいじゃねえか」阿華が言った。「刺青なんざ若気の至りでなにも意味はねえけど、体のつぎはぎはレオって人間そのものなんだからよ」

「おれが言いたいのもそこなんだ」ケニーはニン姐さんにむきなおった。「刺青を消すのは魂を失ったからじゃねえ。逆に、そいつの魂が強くなって、それで刺青なんか必要なくなったのかもしんねえだろ？　だったら、おれらが紋身街に刺青を消すクリニックを開いたって、それは魂をないがしろにすることにはならねえさ」

「こいつめ、いま考えついたな？」ピッグボーイが冷やかした。「賭けてもいいがな、ケニー、おまえの頭にあるのは金のことだけだろ？」

ケニーがにやりと笑うと、ニン姐さんもこらえきれずに吹き出した。

ぼくはレオがどうなったのか知りたかったのだけど、ちょうどこのとき喜喜《シーシー》がやってきて、四時からのお客さんが来たと言ってピッグボーイを呼び戻した。

それを潮に、ケニーとニン姐さんも自分の店に帰っていった。

なにも知らないくせに、阿華はどんな話にも筋道のとおったオチをつける才能がある。でも、このときは阿華に訊くこともできなかった。彫り師たちがいなくなると、とたんにタピオカミルクティー屋台に行列ができた。

それに父ちゃんが店から呼んでいたので、ぼくも出前に行かなければならなかった。

話のつづきが聞けたのは、数日後のことである。

うちの食堂に晩ご飯を食べにきたケニーに気づき、阿華が屋台をほったらかしてやってきた。

「おい、こないだの話だけどな」とケニーのテーブルにすわりながら切り出した。「あのあと、レオはどうなったんだ?」

ケニーは鶏腿飯《ジートウイハン》をかきこみながら小首をかしげた。

「ダイエットに成功したあとだよ」阿華が舌打ちをした。「自分を捨てて親父のほうに走ったあの女とはまた会ったのか?」

それでようやくケニーにも話が見えた。ゆっくりと咀嚼し、歯をせせり、それからヤクザな身振りでテーブルに身を乗り出した。

「レオがあの女とまた会ったかって?」よくぞ訊いてくれました、という感じで阿華を箸《はし》で指した。「会ったどころじゃねえ。レオはな、いまあの女と暮らしてるよ!」

これにはぼくも阿華もびっくり仰天して開いた口がふさがらなかった。母ちゃんが、なんの話? と割りこんできたので、ケニーはそれまでのいきさつをかいつまんで話してやった。この街にはなにはなくとも、話し好きの暇人だけは事欠かない。レオの舞台は評論家たちに好意をもって受け入れられた。例の戦争をテーマにした芝居である。

楽屋に花束を持った彼女があらわれたのは、最終公演がハネたあとだった。おめでとう、と彼女は努めて屈託なく言った。ありがとう、とレオは花束を受け取った。十年間の確執が沈黙に溶けこみ、ふたりのあいだに花の香りのように流れた。

レオが驚いたのは、あれほど自分を責め苛《さいな》んだものが、彼女とようやく再会を果たしたいま、今度は自分の味方になっていたことだった。

出口の見えない眠れぬ夜、夢のなかで流した涙、体脂肪とともに絶望を溜めこんだ日々、歯を食いしばって耐えたダイエットの月日は、手をのばせばいまもそこにある。なのに、同時にそれは遠雷のように遠くかすかだった。心が乱れなかったと言えば嘘になる。だけど、それは怒りというよりはノスタルジックな後悔で、自分のほうにも彼女に裏切られるようななにかがあったのではないかという謙虚さのほうが先に立った。傷は醜《みにく》いながらもふさがり、勲章のような追憶になりつつあった。それらがすべてレオを肯定し、威厳という名のマントになっていた。

彼女は小さな女の子を連れていた。髪の長い、白い麻のワンピースのよく似合う、愛くるしい顔をした子だった。その好奇心に満ちた大きな瞳は、間違いなく母親譲りだ。挨拶を促されると、女の子はおずおずと、しかし思っていることを大胆に口にした。

「こんにちは。あたしってね、おじさんの妹なんだってさ」

レオは目をぱちくりさせた。

「あれ、おかしいな。だったらおじさんじゃなくて、お兄ちゃんて呼ばなきゃいけないのかしら」

「こんにちは、お嬢ちゃん」レオは彼女のまえにかがんで視線をあわせた。「きみはいくつ？」

「もうすぐ六歳よ」

「六歳の女の子のお兄ちゃんにしては、ぼくは歳を取りすぎてると思わないかい？」

女の子はむずかしい顔で考えこみ、肩をひょいとすくめた。「それもそうね」

「だから、ぼくのことは……」顔がほころんだ。「そうだな、叔叔哥哥《おじちゃん兄ちゃん》と呼んでもらおうかな」

「おじちゃん兄ちゃん！」

女の子がうれしそうにぴょんぴょん飛び跳ねて笑った。

それからしばらくして、王二本が死んだ。いつものようにビールを飲んでいて、あと二本、もう二本と駄々をこねているうちにうっかり誰かを侮辱してしまい、その男にビール瓶で首のうしろをガツンと殴られて一巻の終わりだった。

「マジか！」と阿華。「レオはその女とよりを戻したってことか？」

「おっと、これ以上は訊くなよ。おれもすこしまえにLINEをもらって知ったばかりなんだからな」

「結婚したのか？」

「そのうちするのかもな」鶏腿飯のつづきにとりかかるまえに、ケニーがそう言った。

「けど、まあ、男と女ってそういうもんだろ？」

「聞いたか、小武？」阿華がこっちに顔をふり向けた。「けったいなことがあるもんだなあ！」

「それが台北さ」

ぼくがそう切り返すと、みんながどっと笑った。

ぼくはその女の子のことを考えた。その子はレオの妹だけど、そのうち娘になるかもしれない。レオはその子のお兄さんだけど、そのうちお父さんになるのかもしれない。

兄ちゃん父ちゃん？

父ちゃん兄ちゃん？

ややこしすぎて、頭がこんがらがった。こりゃ詩人たちの言うことを鵜呑みにはできないぞ、と思った。だって、レオが生きるために跳んだというのなら王二本だってそうだし、レオとよりを戻した女の人もそうだし、なんなら娘に火をつけた絵師だってちゃんと跳んだわけだから。跳ぶだけじゃ足りない。跳ぶまえにちゃんと跳ぶ方向を見定めなければ、詩人にたぶらかされて地獄行きだ。

天使と氷砂糖

紋身街《もんしんがい》で「あの女」とか「爛貨《あばずれ》」といえば、それは游小波《ヨウシャオポオ》のことだった。阿華《アファ》などは、彼女がお茶を買いにきたときだけ名前を呼んで親しげにふるまい、相談事があれば乗ってやることもあったけど、裏にまわれば「婊子《売女》」と呼んで蔑《さげす》んでいた。

「幹《くそ》、あの婊子《ビャオズ》また男をかえやがったぞ」

阿華が小波に腹を立てるのには、それなりの理由がある。すこしまえに、彼女に毛虱《けじらみ》をうつされたのだ（こういう事件の真相はいつだって藪のなかだけど、とにかく阿華は小波が犯人だと決めつけていた）。仕事中どうにも股間がむず痒くなり、辛抱たまらずぽりぽり掻《か》きながら珍珠奶茶《タピオカミルクティー》をつくっていたところ、お客さんの女性が西門町《せいもんちょう》の隅々にまで轟《とどろ》き渡るような悲鳴をあげた。ぼくは店の手伝いをうっちゃって阿華の屋台に駆けつけた。そこでは怒髪天の女性が、阿華を指さしながら意味不明の罵声を浴びせているところだった。

「証拠があんのかよ、ええ？」いつもは斜《はす》に構えている阿華も、このときばかりは顔を真っ赤にして反論した。「それだけのことを言うからには、ちゃんと証拠があるんだろうな⁉」

「あれはぜったいに虱だったわ！　わたしは保健所に勤めていたのよ……ほら、そこ！　いまだってそこを掻いてるじゃない！」

阿華は股間を掻くのをやめ、腕を組んで相手をにらみつけたが、太腿のあたりをもぞもぞさせていた。

三十絡みの、やぼったい服を着た、いかにも教育委員会然としたおばさんだった。彼女は取り落としたカップを拾い上げ、眼鏡越しにためつすがめつした。それからストローを抜き取り、集まってきた野次馬たちにむかってふりまわした。

「ここに止まっていたのよ……この先っちょに！　もう逃げちゃったけど、あれはぜったいに虱だったわ。小さな脚を動かしてたのよ！」

「いい加減にしろ！　さもないと名誉毀損で訴えてやるからな！」

唾《つば》を飛ばして怒鳴りあうふたりを、観光客の日本人たちがスマホで動画に撮っていた。

女性客はへこたれずになじりつづけた。が、なにぶん虱はどこかへ逃げてしまったあとだった。そうなると、これはもう阿華のズボンを脱がせて直接たしかめるしか手立てはなく、当の阿華がそんなことを承服するはずもなかった。けっきょく阿華に軍配が上がるかたちで女性客は退散したのだが、なんとも後味の悪い、釈然としない幕切れだった。犯人であることは明白なのに証拠不十分で司法の手を逃れた男、それが阿華だった。日本人たちは首を傾げ傾げ、紋身街の入り口のところにあるユニクロに入っていった。

女性客は二十一世紀的手段で報復に出た。つまりSNSを駆使し、阿華の屋台についての醜聞を流したのだ。それがあっという間に拡散され、おかげで阿華の店はしばらく商売あがったりだった。ぼくは阿華からスマホを借り、「虱子老板《しらみ店主》」を写真付きで紹介しているツイッターを本人に見せたのだけれど（「これ見てよ、阿華。このツイッターの人、台東の人だよ！」）、その親切心の見返りとしては頭を拳骨でどやしつけられただけだった。

アウトローを自認する紋身街の彫り師たちでさえ阿華の汚染は疑っておらず、ふだんは偉そうに兄貴風を吹かせていても老天爺《神様》はちゃんと見ている、思慮を欠いた行為のツケはいずれ支払わねばならないのだとささやきあった。彼らは遠巻きにタピオカミルクティー屋台を眺め、阿華の手がすこしでも股間にのびようものなら――それこそお釣りを渡すためにポケットを探っただけで――、真っ青になって自分の店に逃げ帰った。

ぼくに関して言えば、なぜ大人になると腋の下や股間に毛が生えるのかずっと不思議だった。もしかすると、それは毛虱のためなのかもしれない。学校の思想品徳の授業で、人間の腸には何百種類もの細菌が棲《す》んでいるという話を聞いたばかりだった。わたしたちはいろんなものと共存しているのです、と先生は言った。人間の腸が菌たちの居場所なのです。だとしたら、とぼくは考えた。この広い世界には虱たちの居場所があったっていいじゃないか。もちろん、それがぼくの股間じゃないかぎり。

話はまだ終わらない。腹の虫の収まらない阿華は、探偵の孤独《グウドウ》さんに游小波の素行調査を依頼した。

一週間後、阿華がうちに駆けこんできた。

「ほらな!」まるで鬼の首でも獲ったみたいに、阿華は孤独さんの報告書をふりまわした。「あの婊子《売女》め、おれのほかに三人も男がいやがったんだ。いや待てよ、もっといるかもしれねえな……だって一週間で三人だからな!」

ちょうど遅い昼ご飯を食べていた彫り師たちは、おたがいに顔を見合わせた。

「おまえらはあの女の外見に騙されてんだ」阿華の鼻息は龍のように荒かった。「本当にたちの悪《わり》ぃ婊子はな、婊子にゃ見えねえんだよ」

　わからないでもない。売女というより、游小波はどちらかといえば無印良品の店員みたいだった。短い茶色の髪は、いつも風を孕《はら》んだみたいにふわりと巻いている。コットンシャツに太めのチノパンとか、小柄な女性によく似合う格好をしていた。仕事柄、両方の耳たぶにピアスをいくつかつけてはいたけれど、攻撃的なほど多いというわけでもない。化粧だってぼくの理解がおよぶ範囲だ。

「てことは、やっぱり噂は本当だったんだな」

　猪小弟《ピッグボーイ》がしみじみそう言うと、阿華の目がキラリと光った。地獄に仏、砲弾の飛び交う死地で信頼できる仲間を見つけたような顔だった。

「そうなんだよ！　あの女以外に考えられねえんだ！」

「この毛虱野郎め」ピッグボーイが憎々しげに吐き捨てた。「被害者ぶってんじゃねえよ、馬鹿」

　阿華が口をぱくぱくさせた。「けど、おれは被害者だろ⁉　ちがうか⁉」

「女を抱いていい思いをしたのはてめえじゃねえか。いいか、妊娠も性病もひとりでなるわけじゃねえんだぞ」

　みんながうなずいた。

「で？」寧《ニン》姐さんが冷ややかに阿華の股間を顎でしゃくった。「まだそこに飼ってんの、虱子老板《しらみ店主》？」

阿華は頭を掻きむしり、全員を指さして罵倒し、悲鳴をあげて店を飛び出していった。

ようやく涼しくなりかけた秋風が吹きぬけると、まるでお天道様が雲に隠れたみたいに西門町の喧騒が翳《かげ》った。

「ここだけの話だがな」気まずい沈黙を破ったのはケニーだった。「阿華のやつは、あの女の店の……ほら、頭の両側を刈り上げて鼻にピアスをした女がいるだろ？　名前は知らねえけど、その女ともデキてるって話さ。あの女の同僚だぜ！」

「じゃあ、小波からもらったとはかぎらないな」父ちゃんが首をふった。「そっちに関しちゃ、阿華のやつはあまりいい噂を聞かないからな」

「あの野郎、おれが知ってるだけでも、すくなくともふたりは女客に手を出してるんだぜ」

ケニーは声をひそめ、阿華がどこかの女の子を山のなかに置き去りにした鬼畜話をみんなと分かち合った。阿華はミルクティーを買いにくる女の子を言葉巧みにオートバイで連れ出し、人気《ひとけ》のない山林でふしだらなふるまいにおよぼうとしたのだった。

「で、拒絶されたのさ」とケニーは言った。「相手はまだ高校生だったらしいぜ」

それで、見下げ果てた豚野郎だの、盛りのついた犬野郎だの、見境のないロリコン野郎だのとひとしきり阿華の悪口が飛び交った。

「ねえねえ、それって男女関係を拒絶されたたって意味？」

ぼくが口をはさむと、みんなが目を丸くした。

「あんなことする人の気が知れないよ。エイズで死んじゃうかもしれないのにさ。なにが楽しいのさ？」

その質問の答えとしては、まず母ちゃんに頭をはたかれ、それからニン姐さんにやさしく諭《さと》された。

「誰かを好きになったらね、自然とそういう気持ちになるのよ。まあ、大人になったらあんたにもわかるわ」

「でも、阿華はべつに小波のことが好きってわけじゃないじゃん」ぼくは口を尖らせた。

「もてあそんだだけじゃん」

「おれが言いてえのもそこさ」猪脚飯《ツーチャオハン》をかきこむピッグボーイが溜息をついた。「阿華は不運を他人のせいにしてるんだ。憶えとけ、小武《シャオウ》。不運ってのは、そういうやつのところにやってくるんだからな」

この件で阿華とニン姐さんが衝突したのは、その三日後のことだった。理由は阿華が性懲《しょうこ》りもなく、SNSで憂さ晴らしをしたためである。

「冗談じゃねえ！　おれが悪いのか？　実名を出さなかっただけ、ありがたく思えってんだ！」

「あれじゃ見る人が見ればわかっちゃうでしょ⁉」

「こっちは被害者なんだぞ！」

「游小波からもらったって証拠はなにもないじゃない！　百歩譲って彼女だったとしても、彼女だって被害者でしょ⁉」

　ニン姐さんは阿華を卑怯で女々しい小人《しょうじん》と罵り、阿華はニン姐さんのことをおせっかいな偽善者と呼んだ。

「不遷怒、不弐過（八つ当たりせず、おなじ過ちを繰り返さずという意。『論語』雍也第六之二より）って言葉を知らないの？」

「馬鹿にすんな！　孔子の弟子のなんとかってやつのことだろ」

「顔回《がんかい》よ！」

「もちろん知ってるぜ」阿華が嘲笑《あざわら》った。「ご立派だよなあ、顔回。さすが君子だぜ……だから若死にするんだよ。あの女も被害者だあ？　んなこたあ、言われなくたってわかってんだよ！」

「だったら――」

「頭でわかったからって、どうしようもねえことってあるだろうが。刺青だってそうだろ。じゃあ、おまえはなんで彫り師なんてやってんだよ？　頭で考えてはじめた商売なのかよ？」

ニン姐さんが口をつぐんだ。

「この世はなあ、いつだってものわかりのいいやつから死んでいくんだ」

天下の往来で怒鳴りあうふたりにむけられるスマホは、台北のみならず、もはや地球規模の風物詩だった。

「幹《くそ》、おれもおまえもそんなもんとは正反対の場所にいるんだ」あのころの阿華の屁理屈は、誰がなんと言おうと芸の域だった。「自分だけ一段高《たけ》えとこにいるとでも思ってんのかよ、ああ？」

游小波が阿華の言う「ものわかりのいいやつ」だったのかどうか、ぼくにはよくわからない。だけど小波が紋身街からいなくなったとき、ぼくにはそれが彼女のものわかりのいい部分のせいだと思えてならなかった。みんなが阿華みたいになんでも他人のせいにするなら、この世から争い事なんかなくなりっこない。だけど、他人のせいにすることができれば、すくなくとも楽には生きていける。で、ときには楽になることがなにより大事な局面もたしかにあるのだ。

ぼくがまだ小さいころ、紋身街には十軒くらい刺青店があった。それがいまはケニーやニン姐さんたちの工作室《スタジオ》をのぞけば、あとは洋服店や穿洞店《ピアス》が幅をきかせている。そろそろ紋身街って呼び方も返上しなきゃならないねえ、母ちゃんはよくそうぼやいていた。

游小波の勤めるピアス店は、紋身街の西寧南路側にあった。漢中街側にあるうちの食堂とはちょうど真逆だったので、ぼくたちはあまり顔をあわせることはなかった。

ぼくが小波に気安さを感じていたのは、ひとつには彼女の背の低さのためだ。小学三年生のぼくよりほんのすこし高いくらいで、最初に見たときは五年生か六年生くらいかと思った。実際は二十三歳で、みんなの噂では離婚歴もあるとのことだった。

もうひとつには、氷砂糖のためだった。出前の行き帰りにばったり会えば、彼女はよく氷砂糖をくれた。いったいどこで買ってくるのか、その氷砂糖は円錐形に折った古新聞の包みに入っていた。それが古臭くて、逆にとても新しかった。このご時世、美味しいものならいくらでもあるのに、どういうわけかぼくは彼女がくれる氷砂糖を気に入っていた。

はじめて小波から氷砂糖をもらったのは、学校でつまらない喧嘩をした日のことだった。そのころ、ぼくは学校の友達と「なんでも入る壺の絵」を描くのに熱中していた。その壺には文字どおりなんでも入れることができる。戦闘機でも、遊園地でも、マンゴーの樹でも。まず壺の断面図を描き、そのなかを蟻《あり》の巣みたいに区切ってから、ひとつひとつの小部屋に入れたいものをどんどん入れていくのだ。ぼくたちは何枚もそういう絵を描き、みんなでああでもないこうでもないと合評した。そして、とうとう究極の「楊亜嵐《アラン》、景健武《ジンジエンウ》、史佩倫《ペイルン》の完全無欠なる楽園の壺」を描こうということになった。ぼくたち全員の夢と希望をどっさり詰めこんだ、完璧にして唯一無二の壺の絵を。喧嘩の原因というのは、ぼくがどうしても壺に入れたいと主張した紋身街を、アランやペイルンに強硬に反対されたためだった。

真善美劇院のまえで小波とばったり出くわしたとき、ぼくはせっかくみんなと描いた壺の絵をビリビリに破いて足で踏みつけているところだった。すっかり腹を立てていたので、知らんぷりをしてとおり過ぎようとした。物売りの王阿姨《ワンおばさん》が目を白黒させてこっちを見ていた。小波は思いがけない行動に出た。両手を大きく広げて、とおせんぼをしたのである。走開啦《どけよ》！　ぼくはライオンみたいに吼えた。想死啊《殺すぞ》！　彼女は頓着せず、新聞紙にくるまれた氷砂糖を差し出した。そんなものいらない、とぼくは言った。さっさとどかないと、それをおまえの鼻にねじこむぞ。いいから、いいから、と彼女は言った。遠慮しないで食べてみなさいって。

「イライラしてるときは甘いものがいいんだから」

ぼくは彼女をにらみつけ、差し出された（まるで防虫剤のように見える）氷砂糖に疑いの目を向け、観念して一粒つまんで口に放りこんだ。そんなことくらいでほっといてもらえるのなら、安いものだった。まあ、いいさ、と思った。どうせぼくには失うものなんかなにもないんだから。

怒りで苦くなっていた口のなかに、ひんやりとした甘さがじわっと広がった。

「どう？　美味しい？」

美味しいかどうかと訊かれれば、正直、かなり微妙なところだった。だけどそれは子供を騙してやろうという魂胆の味ではなく、なんというか、空気とか水とか醤油《しょうゆ》とかとおなじで、人間が生きていくのに必要な味がした。ぼくはさもつまらなそうに、口のなかで氷砂糖をカランコロンところがした。

「わたしは鹿港《ルウガン》（台湾の西岸に位置する、かつて盛えた港町）の生まれなの」小波が言った。「うちの近所に娘さんのインプラント代を稼ぐために大陸から出稼ぎに来てたおばさんがいてね、その人がいつも氷砂糖をくれてたの。ねえ、氷砂糖ってまるで宝石を舐めてるような気分にならない？」

その意見には賛成できなかったけど、とりたてて言うほどのことでもなかった。そのかわりにこう言った。

「じゃあ、そのおばさんは娘のインプラント代が貯まったら中国に帰るの？」

「つぎは息子の結婚費用を貯めるんだって言ってたわ」

店が暇なとき、小波はよく氷砂糖を舐めながら本を読んでいた。

「李昂《リーアン》はわたしとおなじ鹿港出身の作家なの。女性の立場から小説を書いてる人」

「どういうこと？」

「つまりね、この社会がいかに男中心かってこと」

そんな男中心の社会で小波は翻弄され、踏みつけられ、男たちに鳥のようについばまれた。阿華や喜喜《シーシー》や地回りの鮑魚《アワビ》なんか、ついばむだけついばんでさっさと飛び去ってしまった。

それを思うと、いまでも胸が痛む。そもそも彼女がアワビの魔手に落ちたのも、胸の真ん中に刺青を入れたのも、ある意味ではぼくの余計なひと言のせいだったのだから。

あの年の夏ごろから、アワビたちの組はごたついていた。組から新興勢力が枝分かれしようとしているためだと大人たちは話していた。そのせいで西門町の夜総会《ナイトクラブ》やＫＴＶ《カラオケ》

で何度か身内同士の発砲事件があった。テレビのニュースでも報じられたほどだった。

　アワビは肝っ玉の小さいヤクザだけど、それでもヤクザにはちがいないので、どちらの側につくか態度を決めないわけにはいかず、日々生きるか死ぬかの瀬戸際に立たされて神経をすり減らしていた。うちの店でご飯を食べていてもそわそわと落ち着かず、いつ鉄砲玉が飛んできてもいいように柱の陰のテーブルを定位置に決め、餓えた野良犬のような目で表の人通りをにらみつけているといった塩梅《あんばい》だった。一度、興奮した面持ちの阿華が店に駆けこんできて、何々組（おそらく枝分かれした組が新しい名前をつけたのだろう）の誰某《だれそれ》がこっちにやってくるぞとわめいた。

　とたん、アワビの目がギラリと光った。あんな険しい顔のアワビは、ついぞ見たことがない。『英雄本色《男たちの挽歌》』で機関銃をぶっ放す周潤發《チョウユンファ》みたいだった。腹の底から絞り出すように「幹你娘《くそったれ》」と唸り、テーブルをドンッとたたいて立ち上がった。

　ぼくは手に汗を握り、父ちゃんは台所の包丁を隠し、母ちゃんは右往左往したけど、アワビにはとことんがっかりさせられた。やつが飛びこんだのは血で血を洗う修羅の世界などではなく、店のトイレだったのだ。バタンとドアを閉めると、それきりうんともすんとも言わなくなってしまった。

　父ちゃんと母ちゃんは顔を見合わせ、ぼくはぼくで阿華と顔を見合わせた。それからみんなして、何々組の誰某が悠々と店のまえをとおり過ぎていくのをぼんやりと見送った。西門町は平和だった。洪金寶《サモ・ハン・キンポー》に似てないかと父ちゃんがつぶやくと、母ちゃんと阿華がうなずいた。アワビが血相を変えてトイレから飛び出してくるころには、大大哥《タイタイコー》（サモ・ハン・キンポーの愛称）はもう雑踏に紛れて影も形もなかった。

「幹《くそ》、こんなときに腹が……」体を折って腹をさすりながら、アワビは心底くやしそうに表通りを見渡した。「他媽的《ちくしょうめ》、どっちに行きやがった⁉」

母ちゃんがおもむろに洗い物をはじめ、阿華は首をふりながら自分の屋台へ戻り、父ちゃんがアワビの肩をぽんっとたたいてこう言った。

「さあ、メシを食っちまえ」

それでもアワビはぶつぶつと威勢のいいことをつぶやいていたのだけれど、食べ残しの排骨飯《パイコーハン》をふた口も頬張るころにはもうケロリとして、新聞の芸能欄なんかをつらつら眺めだすのだった。

アワビというのはそういう男だ。掛け値なしのヘタレだ。アワビを知らないうちは、負け犬という言葉の本当の意味はわからないだろう。女性が熱を上げるようなやつじゃないし、むしろ一生関わりあいにならずにすむなら、神様に感謝しなければならないようなろくでなしなのだ。もしアワビの兄貴分が洪金寶に殺されず、そして男に殴られている小波をぼくがたまたま見かけなければ、アワビと小波の人生にはなんの接点もなかったはずだ。

兄貴分の葬儀の帰りに、アワビはうちの食堂に立ち寄った。安っぽい黒の背広を着て、シャツの腋には汗染みができていた。アワビはすっかり打ちひしがれていた。兄貴分の死が悲しいのか、それとも明日は我が身とはかなんでいるのか、ぼくにはなんとも言えなかった。

「最期はおれが看取ったんだぜ」父ちゃんが出してやったビールに口もつけず、アワビは淡々と言葉を継いだ。ほかの誰でもなく、自分自身にしゃべりかけているみたいに。「幹《くそ》、あのときおれがあの野郎をぶっ殺してりゃ、兄貴はいまごろ……まあ、そんなこと言ってもはじまらねえか。急に腹が痛くなったんだからな。老天爺《神様》がお決めになったことさ、誰のせいでもねえや。とにかく、兄貴が弾かれたあと、おれたちは交代で病院に泊まりこんだんだ。死んだ夜は、おれが泊まってた。兄貴はいろんな管や機械につながれて、ベッドで眠ってた。人工呼吸器の音しか聞こえねえ静かな夜だったよ。なんだかその静けさが恐ろしくてな……おれはどうにも眠れなくて、コンビニで酒を買ってきた。けど、ビールなんかじゃちっとも酔えやしねえ。だからまたとぼとぼ出かけてって、高粱酒《コーリヤン》のちっこい瓶を買ってきた。それをちびちびやりながら、兄貴はおれにどうしてほしいかって考えてたんだ。しょせんはヤクザ者さ、どうしたって仇は討たなきゃならねえ。でも、兄貴が本当にそんなことを望んでんのかって話さ。びびってるわけじゃねえ。おれを誰だと思ってんだ？　やるときゃ、やるさ。問題は兄貴がそれを望んでるのかってことなんだ。わかるだろ？　兄貴はやさしい男だったんだ。ありゃ夜中の二時ごろだった。いつのまにかうとうとしてたおれは、ピチャピチャという水の音で目を覚ました。おれはサンダルを履いてたんだが、足がびっしょり濡れてた。で、病室の床を見てみたら、なんと水浸しさ！　なにがなんだかわからなかったよ。夢でも見てんのかと思った。うろたえていると、ベッドのほうでまたピチャッと音がした……誰だ⁉　おれは叫んでふりむいた。そしたら、ベッドで寝ている兄貴の体からでっけえ鯉《こい》が躍り上がって、空中で身をよじった。そんで、また水飛沫《みずしぶき》を上げて兄貴の体に落っこちていったんだ。びっくりしたなんてもんじゃねえ。管やら電極やらがベタベタ貼りついてる兄貴の胸で、立派な緋色《ひいろ》の鯉が水を揺らめかせて泳いでやがったんだ。嘘じゃねえ。思わず目をこすっちまったよ。だってその鯉ってのは、兄貴の背中にあった刺青だったんだからな！　おれは何度も見たことがあるんだ。兄貴が日本で入れてきた立派な刺青よ。その刺青の鯉が瀕死の兄貴の上をすいすい泳いでやがったんだ。これが嘘だったら舌を抜かれたってかまわねえ。どうにかしなきゃと思ったよ。この鯉を捕まえなきゃなんねえって思った。けど、いくら兄貴の体をまさぐってもそれはただの体でしかねえ。死にかけてる肉の塊さ。なのに、おれの手の下を鯉がすうっと泳いでいくんだ。まるで水槽のなかの魚みてえにさ。あせったよ。そのうち、おれにできることはなにもねえと悟った。鯉が尾びれをひるがえすと、水がおれの顔にかかった。正味の話、おれはただぼうっと見ていることしかできなかった。その鯉はどうしたかって？　そのまんま兄貴の体の深いところに潜っていっちまったよ。それっきりさ。ゆっくりと広がる水紋しか残していかなかったよ」

「で？」ぼくは身を乗り出した。「それからどうなったのさ？」

「ちょうどその時間に兄貴が死んだんだ」

「アワビさあ、酔っぱらってたんだよきっと」あまりにも恐ろしい話なので、つい強がりを言ってしまった。「お酒のせいだよ」

「あの鯉は兄貴を苦しみから救ったんだ」アワビが言った。「あんなおだやかな仏にゃお目にかかったことがねえ。刺青にゃそういう力があるんだ。信じねえのはおまえの勝手だがな、とにかくおれはそう思う」

そう、アワビの兄貴分は撃たれ、ぼくは路地裏で男に殴られている游小波を見つけてしまった。

その日は学校帰りにそのまま出前に行かされた。

九月も終わりかけで、中秋節（旧暦の八月十五日）のすこしまえだった。果物屋の店先には中秋節に食べる柚子《ヨウズ》がどっさり積まれ、そのすっきりとした香りが暮れなずむ街にそこはかとなく流れていた。大人たちはこの柚子の皮でつくった帽子を子供にかぶらせてよろこぶけど、それをかぶるとぼくはいつも顔が痒くなった。空にはぶくぶくに太りかけた月が出ていた。ぼくは小学四年生に上がったばかりで、百貨公司《デパート》の包装紙みたいにぱりっと糊《のり》のきいた新しい制服を着ていた。

帰り道、黒いメルセデス・ベンツが昆明街へと流れこむ路地に、斜めに停まっていた。もちろん道をふさいでいたけれど、別段なんとも思わなかった。だってそれが台北という街で、人も車も自分さえよければそれでいいのだから。

ぼくは足を止め、車のむこうで殴られている游小波を見やった。彼女は路地の壁に押しつけられ、何度も頬を張られていた。小波はちびっこいので、まるで子供がいじめられているみたいだった。男のほうは背が高くて、黒い背広を着ていて、油で髪の毛をうしろに撫でつけていた。小波の胸倉を摑んで吊し上げ、頬を張るその右手には太い金の指輪をはめていた。

なにが起こっているのかわからなかったけど、それは探偵の孤独さんもおなじだった。やめてください、なにをするんですか⁉　そんなふうなことを叫んで男の背に飛びかかった。でも孤独さんは藁《わら》しべのようにか細いので、なんの役にも立たなかった。

「彼女はあなたの奥さんでしょう⁉　殴るために捜してたんですか？　ちゃんと話をさせてあげてください！」

「うるさい！」男は孤独さんをなぎ払い、なおも小波を殴りつづけた。「この女はなあ！　この女のせいで……この女はおれの息子を殺したんだよ！」

男が女を殴る場面は、何度か見たことがある。ぶっちゃけ、父ちゃんだってときどき母ちゃんを殴ったりする。たぶん、西門町界隈では珍しい光景ではないのだ。そういうときはさっさとその場を離れなさいよ、と母ちゃんには言われていた。この世には子供だって容赦《ようしゃ》しない大人がいっぱいいるんだからね、ぼさっと阿呆みたいに眺めてたらあんたが痛い目を見るよ。

薄暗い街灯の下で小波は顔を真っ赤にして、目に涙をいっぱい溜めていた。殴られても殴られても、歯を食いしばって男の大きな手から逃げようともしなかった。吹き飛んだ小波の頭がコンクリートの壁にぶつかって、ゴツッと身の毛もよだつ音がした。

こういうとき、スマホがあれば怒りや悲しみを記録しておくことができる。それを使って、理不尽な出来事に正義の鉄鎚《てっつい》を食らわせることができるかもしれない。強くて横暴な敵にあとから一矢報いるのだ。だけど、それはいまじゃない。いま、この瞬間に救いや慰めを必要としている人には、なんの役にも立たない。なんの意味もない。

スマホも勇気も持たないぼくは——その場から走って逃げた。体のなかがソーダ水にでもなってしまったみたいだった。胸のあたりがザワザワした。店に戻ると、お客さんがいっぱいだった。ぼくは母ちゃんが訝《いぶか》しむほど働いた。感心した父ちゃんが、小武が毎日こんなに良い子ならスマホを買ってやってもいいな、と言ったほどだった。

スマホなんか欲しくなかった。断じて。すくなくとも、あの夜だけは。たとえ最新型のiPhoneを持っていたって、目のまえで傷つけられている人を救うことなんてできやしないのだから。

やがて客足が引きはじめると、まるでその隙間を埋めようとするかのように、自己嫌悪が押し寄せてきた。だから、いっそう働いた。猛烈にテーブルを拭き、料理を運び、イノシシみたいに勢いよく出前に飛び出し、にんにくの皮をせっせと剝いた。で、気がつけば雑巾を放り出して、小波のピアス店にむかって走っていた。母ちゃんがなにか怒鳴ったけど、あとで叱られたってかまうもんか。細い紋身街を駆け抜けると、ピアス店のまえでシーシーとばったり出くわした。

「よお、兄弟、怖い顔してどうしたんだよ？」

「ねえ」ぼくはそれを無視して、暇そうに店番をしている店員に声をかけた。「小波、いる？」

彼女は無礼なガキを見るような目つきでぼくを見た。頭の両側を暴力的に刈り上げて、鼻輪をつけている。阿華の馬鹿野郎が二股をかけていたのは、この女にちがいない。

「看什麼看《なに見てんだよ》？」のっけから喧嘩腰のぼくは、たしかに無礼なガキだった。「她到底在不《いるの、い》在啦《ないの》？」

黒い口紅を塗った彼女の口が凶暴にゆがむ。

「没大没小《わきまえろ》」シーシーがぼくの頭をはたき、女店員に笑顔をむけた。「悪かったな。でも、急用なんだ。游小波はいるかい？」

彼女の目が丸くなった。

兄貴のピッグボーイとちがって、弟のシーシーはいつもおだやかな空気をまとっている。おだやかすぎて、同性愛者かもしれないと陰口をたたかれたりするほどだ。それでいて、半袖シャツからのぞく両腕どころか首にまでびっしりと刺青が入っている。頭の両側を暴力的に刈り上げるような女には、そのたたずまいがなにかを証明しているように見えたのかもしれない。ぶっきらぼうに店の奥にむかって顎をしゃくりながら、彼女はちらちらとシーシーのことを盗み見ていた。

戸口にかかったカーテンをめくって奥の小部屋に入ると、小波はこちらに背をむけてすわっていた。小さな体をもっと小さく縮めていた。顔に小さなピストルのようなものをあてがっている。

びっくりしたぼくが動けずにいると、ガチッと乾いた音がした。

「小波……？」

小さなピストルは、どうやら耳洞槍《ピアッサー》のようだった。ゆっくりと、まるで夢遊病のようにピアスを装塡すると、彼女は鏡も見ずにピアッサーを耳に押し当て、引き金を引いた。ガチャッ。白いシャツの肩口が血で汚れている。両方の耳たぶのうしろから、留め具のついてないピアスの針がいくつも飛び出していた。血はそこから滴り落ちていた。小波はピアスを耳に撃ちこみ、またピアッサーにつぎのピアスをこめた。

うしろから突き飛ばされて、壁際に積んであった紙箱を崩してしまった。で、体勢を立て直したときには、シーシーがもう小波の手首をがっちり摑まえていた。彼女の手からピアッサーが落ちる。そのときになって、ようやくぼくたちに気がついたみたいだった。

「ああ、小武……」腫れあがり、傷んだ水蜜桃みたいに黒ずんだ顔で、小波がにっこり笑った。「どうしたの？」

それから、自分の腕を摑まえているシーシーを不思議そうに見上げた。

「やってんのか？」シーシーの声は険しかった。

小波にはそれが理解できないみたいだった。もちろんぼくにだってわからなかったけれど、だからといって彼女みたいに笑う気にはなれなかった。

小波は声を引きつらせ、腹を抱えて大笑いした。そのあいだじゅう、ぼくとシーシーはただそこにぼうっと突っ立っていた。様子を見にきた店番の娘も、ぼくたちといっしょに立ちつくした。笑門来福なんて嘘っぱちだった。小波が笑えば笑うほど、世界は間違ったほうへ流されていった。発作的な笑いが収まると、彼女は何度か大きく息を吸い、靄《もや》のかかった目をまたシーシーにむけた。

「あんた、手に入るの？」

「入るよ」

「なんでも？」

「ああ」

「あんた、ピッグボーイの弟だよね」彼女の口元は締まりがなく、呂律《ろれつ》もおぼつかなかった。「あんたの兄貴とも寝たわよ」

「知ってるよ」

　眉毛一本、表情ひとつ動かさないシーシーを見て、小波がまたひとしきり笑った。笑っているはずなのに、いつのまにか泣いていた。まるで陽が落ちるように笑い声が黄昏《たそが》れていき、月が満ちるように涙が輝きだす。彼女は笑うことと泣くことをいっぺんにやろうとして、どちらにも失敗していた。

「子供を殺したの」と泣きじゃくりながら言った。「頭にカッと血がのぼって……なんであんなことしたのかわからない」

「そうか」

「わたしのせいなの……わたしが殺したの」

　大人たちの話は曖昧で、ちっとも要領を得なかった。シーシーと小波は、まるで狭い道で鉢合わせした二台の車みたいだった。どっちかがとおり抜けるためには、どっちかがバックしなければならない。そして、小波にはバックするつもりがない。だけど、それでは駄目なのだ。だって、シーシーが下がって小波をとおしてしまえば、彼女はきっとアクセルペダルをぎゅっと踏みこんでしまう。

「死にてえなら、それもいいさ」

　小波がすがるようにシーシーを見上げる。

「どうせ苦しいことばっかだ」シーシーはおだやかに言った。その声を聞いて、おだやかさと無関心はとてもよく似ているなと思った。「おれたちの店は知ってるな？　いつでも来いよ。売人を紹介してやる」

「だめだよ！　そんなの、だめだよ！」

小波とシーシー、おまけに刈り上げの女店員までがぼくをふりかえった。

「死んじゃだめだよ」大人の話に口出しするべきじゃないとわかってはいたけれど、止まらなかった。「なにがあったって死んじゃだめだよ。いやなことなんて、とおり過ぎちゃえばなんてことないんだからさ……そうだ！　刺青だよ、刺青を入れればいいんだよ。だって、アワビが言ってたよ、刺青には人を救う力があるって。だから、だからさ――」

せり上がってくる涙を押し止めると、行き場をなくした凶暴なものが体のなかで暴れた。ぼくは胸を波打たせながら、つっかえつっかえ死んだヤクザ者の体を泳ぎまわる鯉の話をした。その鯉はアワビの兄貴分の苦しみや無念をすっかり呑みこんでどこかへ泳ぎ去った。刺青はきっと翡翠《ひすい》のようにぼくたちの悪運を吸い取ってくれるのだ。

「だからさ、シーシーに刺青を彫ってもらいなよ、小波」

なにかを伝えられたのだろうか？　たとえ伝えられたとしても、それはぼくが伝えたかったことではないのかもしれない。小波のまえには伏せたカードが二枚あって、一枚はジョーカー、もう一枚はそれよりもっと悪いカードだった。ぼくは小さな独裁者のように、彼女が選ぶべきカードを押しつけようとした。刺青を入れろと命じた。空回りする言葉はもつれ、よろめき、意味という名の空飛ぶ絨毯《じゅうたん》からつぎつぎにこぼれ落ちていった。

どうやってピアス店から出てきたのか、まるで思い出せない。気がつけば表にいて、シーシーにしがみついてわんわん泣いていた。ぼくが落ち着くのを見計らって、シーシーが釘を刺してきた。

「あの女にはもう近づくな。わかったか、小武」

しゃくりあげながら、ぼくは首を横にふった。

「おれは真面目に言ってるんだ」

「……なんで？」

「おまえがまだガキだからだ。ガキのうちにあんまりたくさん見すぎると、頭んなかに悪い種が蒔《ま》かれちまう。大人になってから、おれやあの女みてえになりたくねえだろ？」

これが、シーシーが小波の胸に天使を彫ることになったいきさつだ。

この夜から、悲しみが溢れ出してなにもかもが無感覚になると、小波は耳を穴だらけにするかわりに、刺青を入れるようになった。彼女の体には、何体もの天使が棲みついた。彫り師たちはみんなシーシーと彼女の関係に気がついていたけど、誰もなにも言わなかった。口から先に生まれてきた阿華でさえ、このときばかりは自重した。小波を憐れんでいるようにさえ見えた。通りで彼女を見かけると、わざわざ声をかけてまでミルクティーをご馳走した。一度だけ、ケニーが遠まわしにこう言ったことがある。

「刺青代を体で払おうって女はいねえわけじゃねえからな」

「あんたも哀れな男ね」ニン姐さんがぴしゃりとやり返した。「ろくな女と付き合ってこなかったのね、きっと」

ケニーは不貞腐《ふてくさ》れて食事のつづきに取りかかり、ピッグボーイはあきれたやつだという感じで首をふった。シーシーはといえば、なにも聞いていなかったのか、ただぼんやりとまぶしい表通りを眺めていた。

その視線の先にいたのは、アワビに肩を抱かれた游小波だった。

ほどなくして、彼女がピアス店を辞めたという噂が流れてきた。頭の両側を刈り上げた女店員に訊くと、小波はなんの連絡もなしに店に出てこなくなったという。

「もう二週間になるかな。まあ、忙しい店じゃないからべつにいいんだけど。ろくでもない男にひっかかってるみたい」

小波のかわりに雇われたのは、髪の毛を青く染めたひょろ長い男だった。目が合うと、舌のピアスを得意げに見せてくれた。

「なに？　かっこいいと思ってんの？」

ぼくがそう言うと、ふたりはゲラゲラ笑った。

その足でシーシーのところに行ってみた。店は閑古鳥が鳴いていて、ピッグボーイはスマホをいじっていて、シーシーはまた韓国のアクション映画を観ていた。どっちもぼくには目もくれなかった。ウォーターサーバーで水を飲んでからソファのほうへ行くと、シーシーが場所を空けてくれた。

ぼくたちはソファに並んで腰かけ、悪徳警察官が警察とヤクザの両方から狙われる映画を観た。悪徳警察官は本当に悪いやつで、弱い者いじめばかりしていた。自分が殺したヤクザ者を事故死に見せかけたりした。ぼくは途中から、こんなやつは早く死ねばいいのにと思いながら観ていた。彼が痛い目に遭うと、もっと痛い目に遭わせてやれと敵方を応援した。その悪徳警察官がじつは寝たきりの奥さんの面倒を健気《けなげ》に見ている悲しい男だとわかったあたりでぼくは泣きそうになったのだけれど、シーシーが盛大に舌打ちをしてこうつぶやいた。

「なんでわざわざ話を安っぽくするかなあ」

「じゃあ、観るなよ」ピッグボーイがスマホから顔も上げずに言った。「一日中テレビに文句ばっかつけてんじゃねえよ」

それからいろいろあって、もちろん銃撃戦もあった。蜂の巣にされた悪徳警察官が虫の息でなにか言おうとしたので、せめてそれが終わるまで口を閉じていようと思った。

「どうした、兄弟?」シーシーがおもむろに切り出した。「店の手伝いはいいのか?」

いまわの際で悪徳警察官が見ていたのは、若かりし日の奥さんの美しい姿だった(それ以外になにがある?)。シーシーがまた舌打ちをした。

「小波はどうしてるの?」

シーシーの目がちらりとこちらへ流れ、またテレビ画面に戻っていった。「おれが言ったことを忘れたのか? あの女のことはほっとけ」

「小波は?」

彼はなにも言わず、ぼんやりとエンドロールを眺めていた。

「あの爛貨《あばずれ》はアワビが連れてっちまったよ」そう教えてくれたのはピッグボーイだった。

「どっかそのへんの大人の店で働いてんじゃねえかな」

「おい」とシーシー。「子供にそんな話をするな」

「小波をアワビに紹介したの？」ぼくは体ごと彼にむきなおった。「だってシーシーと付き合ってたんでしょ？」

「誰があんな女と付き合うかよ」

またしても横槍を入れてきたピッグボーイに、ぼくははっきりと言ってやった。

「誰在問你啊《あんたに訊いてない》」

ピッグボーイが肩をすくめた。

「付き合ってたわけじゃねえんだ」シーシーが言った。「おまえにどう言ったらいいかわかんねえけど……大人になったら、おたがい好きでもなんでもねえのにいっしょにいたりするんだよ」

「なんでそんなことすんのさ？　好きでもないのに」

「さあな。ひとりぼっちよりましだからかな」

「じゃあ、なんでアワビに紹介したの？」

「ひとりのほうが楽だからさ」言葉を継ぐまえに、シーシーはリモコンでテレビを消した。「誰かの人生をすっかり背負う覚悟がなきゃ、そいつのまわりでうろちょろしねえほうがいいんだ」

ぼくはシーシーを睨《ね》め上げた。「それって、けっきょく小波のことが好きじゃなかったってこと？」

「ああ」彼はぼくの目を見て言った。「けっきょくそういうことだ」

数日後、峨眉街で孤独さんを見かけたのでしつこく尋ねてみたのだけれど（「このまえ小波を殴ってたやつはなんなの？」）、探偵も困ったように首をふるばかりで、なにも教えてはくれなかった。阿華のスマホで「游小波」「鹿港」「嬰児」「事件」「殺人」などのワードを組み合わせて検索してみても、なにもわからなかった。

図らずも真相に近づけたのは、それから何年も経ってからだった。

ぼくはもう高校生になっていて、まだ紋身街にいて、相変わらず実家の安食堂を手伝っていた。ちょうど思春期の真っ盛りで、暇と隙さえあれば春先の猫みたいに女の子を追いまわし、自分を魅力的に見せるために脇腹かふくらはぎにちっちゃな刺青を入れようと思っていた。つべこべ言わずにそういう軟派な刺青を入れてくれそうなのはケニーだけなので、彼のところへ相談に行くのは自然のなりゆきだった。

「いよいよか」ぼくの成長ぶりに感極まったかのように、ケニーは親指を立てた。「一度きりの人生だもんな」

彼は親身になってくれた。まるで刺青を入れるのが紋身街に暮らす者のイニシエーションだと言わんばかりに。

いっしょに図案を選んでいるとき、たまたま天使のサンプルがいくつか目に留まった。ふと口のなかが甘くなったと思ったら、過去からさっと吹いてきた風にさらわれてしまった。天使の図案に釘付けになっているぼくを見て、ケニーも思うところがあったのだろう。

「そういや、むかし游小波って爛貨《あばずれ》がいたな」と懐かしそうに目を細めた。「憶えてるか、小武？　阿華とピッグボーイとシーシーにヤラせたピアス屋の婊子《売女》さ」

ぼくはうなずいた。

小波のことを聞いたのは、そのときだった。ケニーによれば、彼女には歳の離れた市議の旦那さんがいた。暴力をふるう人で、それは彼女が妊娠してからもあらたまらなかったそうだ。暗い路地で小波を殴っていた男のことを思い出した。道をふさぐようにして停まっていた黒のメルセデス・ベンツ。家に逃げ帰るぼくを、大きな月が憐れむように見下ろしていた。ある日、旦那さんにひどく殴られたあとで、小波はとうとう発作的にベランダから身を投げたのだった。

「そんとき、腹んなかにガキがいたそうだぜ」ケニーが溜息混じりに言った。「まあ、アワビから聞いた話だから、どこまで本当かわかんねえけどな。そういや、あの女が消えちまってから、シーシーのやつしばらく落ちこんでたっけな」

体が熱くなるのを感じた。
そうだ——あの日、ぼくは風邪をひいていて、そして熱があった。

十一月だった。

肌寒い日がつづいたと思ったら、脈絡もなく三十度を超す日があったりして、油断がならない季節だった。

学校帰りに阿華のスマホを借りて遊んでいるところに、ピッグボーイがふらりとタピオカミルクティーを買いにやって来たのだ。いつもとなにも変わらない黄昏時だった。

YouTube のアニメを観ながら大人たちの他愛ない世間話を聞くともなしに聞いていると、阿華が出し抜けにシーシーの近況を尋ねた。

「元気にしてるよ」ストローでミルクティーを飲みながら、ピッグボーイが答えた。

「ただ、いまあの女がころがりこんでんだ」

「あの女って……游小波のことか？」

「ほかに誰がいるんだよ？　とにかく、ひでえ状態だよ。このままだと死んじまうから、弟が面倒を見てやってんだ」

「おまえの弟も物好きだな」阿華が首をふった。

「組がごたついてて金が入用なのはわかるけどよ、アワビを見かけたらもうあの女にゃ売るなって言っといてくれよ」

ぼくは阿華にスマホを返して、自分ちの店に戻った。五時間目くらいから、なんだか体がだるかった。それで母ちゃんに熱を測ってもらうと、三十七度九分あった。

「風邪かしらね」母ちゃんが舌打ちをした。「店の手伝いはいいから、着替えて二階で休んでな」

ぼくはそうした。

うつらうつらとして、喉が渇いて目が覚めた。窓ガラスに映る西門町のネオンをしばらく眺めてから体温計で熱を測ったら、今度は八度五分まで上がっていた。よたよたと階下《した》に降りると、ちょうど晩のかき入れ時で、父ちゃんと母ちゃんがてんやわんやしていた。ぼくは水を飲み、母ちゃんに事情を話して薬代をもらった。

いつも行く薬屋は峨眉街にある。薬をくださいとぼくが言うと、薬剤師の白《バイ》さんが、それこそがわたしの人生だよと言ってにやっと笑った。彼はぼくの症状を訊き、ピンクや青や白の錠剤、あとはカプセルなんかを一回分ずつ小分けに包んでくれた。白さんの仕事ぶりは丁寧で、信頼できた。

「ピンクのやつは解熱剤だから眠くなるぞ。いま服《の》んでいくかい、小武？」

ぼくはうなずき、水をもらってその場で一包服んだ。

ほとんどなにも考えずに歩き、西寧南路から紋身街へ入った。なんだかふわふわして、足が地につかない感じだった。目がしょぼしょぼして、街の灯がいやに滲《にじ》んで見える。だから声をかけられるまで、真正面から歩いてくる男がシーシーだとは気がつかなかった。

「どうした、兄弟？　顔色が悪いぞ」

喉が痛くて、しゃべるのが億劫《おっくう》だった。

「小波がうちにいるぞ」シーシーが言った。「おれは晩飯を食ってくるけど、よかったら顔を見せてやってくれよ」

ぼくはうなずいた。

店ではピッグボーイが仕事中だった。ゴム手袋をはめて、いかつい男の禿げ頭になにか彫っていた。歯医者のドリルを思わせるタトゥーマシンの唸りが頭にキンキン響く。ウォーターサーバーで水を飲んでから、奥のロフト部屋へ入った。そこは彫り師兄弟の共同部屋で、ピッグボーイのマットレスはロフトにある。殺風景な部屋で、壁に飾られたビールの銘柄のネオン管が唯一の光源だった。

彼女はシーシーのベッドで眠っていた。

下半身はブランケットに隠れているけど、むき出しの上半身を見るかぎり、ずいぶん痩せていた。薄いキャミソールしか着けてなくて、右の肩口に保護シートが貼ってある。彫ったばかりの刺青の傷を殺菌するためのものだ。目に見えるだけで二カ所、胸と左の前腕に天使の刺青が入っていた。

気配がしたのだろう、小波が薄目を開けた。薄暗い部屋にたたずんでいるのがぼくだとわかると、彼女はにっこり笑ってベッドをポンポンとたたいた。

ぼくはそこに腰を下ろした。すると、自分がとても疲れていることを思い出した。ベッドは柔らかくて、そのままずぶずぶと沈んでいきそうだった。

「氷砂糖、食べる？」

小波がベッド脇のテーブルに手をのばし、円錐形の紙包みから氷砂糖をひと粒取り出した。キャミソールの胸元から乳房が覗いた。そのすこし下のあたり、脇腹にも翼を広げた天使がいるみたいだった。

消しゴムをかけたみたいな声でお礼を言ってから、ぼくは氷砂糖を口に含んだ。

「具合が悪いの？」

口のなかに広がるやさしい甘さが、熱を帯びた喉に心地よく染み渡っていく。小波がぼくをうしろから抱き締めた。

「体が熱いわ」

彼女はぼくの首筋に顔をうずめて、何度か深く息を吸いこんだ。ぼくのにおいを永遠に憶えておこうとでもいうように。ぼくは彼女のなかに入りこんだような気がした。誰かに受け入れてもらうというのは、きっとこういうことなんだろうなと考えた。

「わたしの赤ちゃんもね、もし男の子だったら、あんたみたいな帥哥《イケメン》になったはずよ」

ぼくは舌の上で氷砂糖をゆっくりと溶かした。小波に抱かれながら、表の工作室から漂ってくるタトゥーマシンの音をぼんやりと聞いていた。

「あの子がお腹にいるってわかったときね、うまく想像できなかったの。だって、想像できる？　自分のなかにもうひとり誰かがいるなんて。だからね、自分のお腹のなかにいるのは、完璧な形をした透明な氷砂糖だと考えることにしたの」熱があるのはぼくなのに、熱に浮かされたみたいにしゃべりつづけたのは小波のほうだった。「そうするとね、あの子がとても特別な存在に思えた。はじめて氷砂糖を食べたときのことは、いまでもよく憶えてるわ。信じられる？　世のなかにこんな清らかな食べ物があるなんて。わたしはうれしくて、わあわあ叫んでそのへんを走りまわりたかった。まるで宝石をもらったみたいだったわ。わたしの宝石は綺麗なだけじゃなくて、とっても甘いのよ」

小波の懐のなかはひんやりしていて、火照《ほて》った体に心地よかった。彼女の吐く息は薄くて、ほんのり甘かった。

「あの子はわたしの希望だった。どんなひどい経験にも打ち負かされっこない希望。あの子といっしょなら、どんなことでも乗り越えられる気がした……でもね、そうじゃなかったのね。わたしの希望は唯一無二じゃなかった。わたしの経験より強くなかった。ぜんぜん強くなかったの」

薄暗い部屋のなかで、壁のネオン管だけが静かに明滅していた。

瞼《まぶた》が重たくなってきて目を閉じるたびに、あてにならない希望が闇の奥底でぬるりと蠢《うごめ》く。そんな気がした。まるで深海魚のように目玉の退化した希望は、尖った牙を持つ経験に追われてもっと暗いほう、もっと冷たいほうへと泳いでいくのだった。

どれくらいそうしていただろう。赤ん坊をあやすように体を揺らしていた彼女が、不意に動きを止めた。

ふりむいたぼくは、目をしばたたいた。暗い部屋と、壁のネオン管のせいかもしれない。それとも、熱のせいかもしれない。小波は顔を伏せていた。ビールのネオン管がチカチカとまたたくたびに、彼女の体の天使たちがぼうっと浮き上がったり、また闇に沈んだりした。

そして、浮き上がるたびに天使たちは姿を変えていった。胸の天使が翼をはばたかせ、喇叭《ラッパ》を持ち上げる。それに呼応するかのように、腕や脇腹の天使たちが飛んでくる。右腕の保護シートの下からも、真新しい天使がもぞもぞと這い出てきた。

頭がくらくらした。

天使たちは手をつないで輪になると、まるで小波を誘うようにゆっくりとまわりはじめた。その小さな翼がパタパタと動くたびに、かすかな風がぼくの前髪をかすめた。小波は笑いながら泣いていた。震える声でなにか言ったけど、よく聞き取れなかった。彼女が手を差し出すと、天使たちが当たり前のようにその手を取った。

つぎの瞬間、小波も刺青になった。

刺青になって、天使たちに囲まれていた。ぼくはもちろん驚いたけど、小波はもっと驚いているみたいだった。彼女は天使たちといっしょにふわふわ飛んでいた。そう、彼女自身の胸の上で。だけど、それがいちばん奇怪なことじゃない。いちばん奇怪なのは、ぼくがそれをあまり奇怪だとも思わなかったことだった。それどころか、なにかがすとんと腑に落ちた。

「行っちゃうの、小波？」

小波はふりかえらなかった。刺青には人の声が聞こえないのかもしれない。たとえ聞こえていたにせよ、彼女があとに残していくものに、ふりかえるほどの価値なんてなにもなかった。もちろん、このぼくも含めて。

それはぼくが生まれてはじめて経験する、浸透圧の異なる別れだった。薄いけれど、決定的な膜がぼくと小波を隔てていた。その膜からは悲しみが滲み出るけど、染みこむことはもうないのだ。二度と。

小波はとても晴れがましい顔をしていた。まぶしそうに目を細めていた。目尻にはまだ涙の粒が浮かんでいたけれど、それは悲しみの涙じゃなかった。死んだアワビの兄貴分も、こんな安らかな顔をしていたのだろうか。まるで風船みたいに、天使たちに導かれた彼女がすこしずつ、すこしずつ小さくなっていく。彼女たちの向かう先は、ゆるぎない福音の光に満ち溢れていた。あるいは、それはあとからぼくが勝手に付け加えたイメージなのかもしれない。いっそのこと、讃美歌も聴こえていたことにしたっていい。大きな奇跡が起こったあとでは、どれも取るに足りないことだった。遠ざかる小波の後ろ姿がまるで水に滲む水彩画のようにかすみ、朧《おぼろ》になり、やがて青い空と見分けがつかなくなった。それと入れ違いに、彼方からぼくを呼ぶ声が大きくなっていく――兄弟……起きろ、小武……

そっと揺り起こされたぼくは、潤んだ目で空っぽのベッドを眺めた。一瞬、自分がどこにいるのかわからなかった。だけど、小波がもうそこにいないことだけはわかっていた。それでも手をのばして、シーツに残った彼女のぬくもりに触れてみた。すると、小波が本当に行ってしまったという事実が胸に迫ってきた。いくつかの気分がおずおずとやって来たけど、悲しくはなかった。小波のあんな顔を見たあとでは、悲しみの出る幕なんてなかった。シーシーがぼくを覗きこんで言った。

「おい、彼女はどこだ？」

頭がぼうっとしていた。また熱が上がったのかもしれない。息をするのもしんどかったし、その息も火焔山《フオィエンシャン》（『西遊記』に出てくる燃える山。実在の地名でもある）みたいに熱かった。

「大丈夫か、小武？」

ぼくは自分の目で見たものを否定することもできた。熱のせいで夢でも見たんだと思いこむこともできたし、それはたしかに夢だったのかもしれない。だけどそんなことをすれば、小波は誰かに手を差し伸べてもらうこともなく、ただ煙みたいに消えてなくなってしまったことになる。そんなふうに思うのは嫌だった。ただの消滅よりも、救済を信じるほうがずっと簡単だった。

「小波はね……」起き上がってベッドから降りると、体がふらついた。「小波は天使と飛んでいっちゃったよ」

シーシーがきょとんとした。ぼくは、これ以上話すことはないと言わんばかりの深い溜息をついた。ぼくの言うことが信じられないのなら、シーシーはシーシーの信じたいことを信じればいい。小波はバチが当たって虫にでもなってしまったとか。

猛然と部屋を飛び出したシーシーがピッグボーイに食ってかかった。ずっとここで仕事してたんだろ？　見てねえわけがあるかよ、出入口はここしかねえんだぞ！

ぼくはベッドにすわって、すこしのあいだ息を整えた。

刺青は愚かしいけど、愚かしいことに慰められることもある。熱にたぶらかされた頭で、そんなことをとりとめもなく考えた。だって、そうじゃないと説明がつかないじゃないか。刺青は切符だ。ここではないどこかへ行くための。游小波はひどく遠回りをし、痛い目にたっぷり遭い、さんざん苦労したあげくに、とうとうその切符を手に入れた。だから、この世界から永久に出ていってしまったのだ。

気力をかき集めて家に帰ろうと立ち上がったとき、氷砂糖の紙包みがテーブルの上からなくなっていることに気がついた。それがなんだか可笑《おか》しかった。その氷砂糖がどこへ行ってしまったのか、ぼくはなんとなく知っているような気がした。

いまでもそんな気がしている。

小さな場所

史佩倫《ペイルン》が楽園の壺に入れようと主張した鳳梨酥《パイナップルケーキ》屋も、楊亜嵐《アラン》がぜったい入れなければならないと言い張った軍隊も、それなりに説得力がある。

ペイルンのうちのパイナップルケーキは美味いし、もしもぼくたちが自主独立して壺のなかを平和に保ちたいのなら、たしかに軍隊もあったほうがいい。

それは認める。

ぼくの気に障《さわ》ったのは、彼らが自分のうちの商売を壺にねじこんだからではなく、なんのためらいもなく紋身街《もんしんがい》を切り捨てようとしたことだ。ぼくが紋身街をごっそり壺に入れたいと言うと、アランとペイルンはぶうぶう不平を鳴らした。

「べつにおまえんちの食堂を入れるなって言ってるわけじゃないじゃん」

「そうだよ、食堂は必要だよ」

「人間、食べなきゃいけないんだから。だから、食堂はいいんだ」

「でも、どう考えても刺青店《タトゥーショップ》なんていらないだろ？」

「じゃあ、将来刺青を入れたくなったらどうすんのさ？」

　ぼくの反論に対して、ふたりがいっせいに「なんねーし」と声を張った。おれたちは刺青を入れるような不良にはなんねえし。

「そんなの大人になってみないとわかんないじゃん」抗弁しないわけにはいかない。「たとえば……たとえばさ、大人になったら髭《ひげ》を剃らなきゃなんないし、背広とかも着なきゃいけないじゃん。酒を飲んだり、煙草を吸ったり、クラブで踊ったりするだろ？　だからさ、もっと遠くまで見たほうがいいんだって。いま必要ないからって一生必要ないとはかぎらないんだからさ。だいたいおまえたちだって、バスケ選手の刺青がかっこいいって言ってたじゃん」

　ふたりは疑わしげに目をすがめ、そのせいでぼくはますます苛立《いらだ》ちを募らせた。

「たしかに軍隊やパイナップルケーキ屋とちがって、刺青店はみんなに必要とされるものじゃない。でもそれは、いざってときの武器みたいなもんなんだ。ほとんどの人には関係のないものだけど、必要な人にとってはものすごく必要なんだよ。そういうものってあるだろ？　たとえば……カツラとかさ。人間っていつどんな敵に襲われるかわからない。つまり、備えあれば患《うれ》いなしってやつさ」

「自分で考えたんじゃないな？」アランがそう言うと、ペイルンがかぶせた。「誰の受け売りだよ、小武《シャオウ》？」

ぼくは溜息をつき、おまえたちにこんな話はまだ早すぎたみたいだなという感じで首をふった。

正直に言ってしまえば、ぼくだって自分で言ったことの半分も理解していなかった。彫り師たちから聞きかじったことを口にしたまでのことだ。

紋身街の彫り師たちの言葉の端々からは、彼らの刺青観とでもいうべきものがうかがえた。いつだったか、自慢げに新しい刺青を見せびらかすケニーに対して、寧《ニン》姐さんがぶち切れたことがある。刺青って牙のようなもんでしょ、ニン姐さんはケニーの胸を指でつついた。牙ってのは本当に使わなきゃならないときまで隠しておくもんなのよ、このハッタリ野郎。

二時間目と三時間目のあいだの休み時間に、ぼくたちは頭を突きあわせて、机の上に広げたスケッチブックを見下ろしていた。そこには「楊亜嵐、景健武《ジンジェンウ》、史佩倫の完全無欠なる楽園の壺」が描かれていて、その題字はぼくたちのなかでいちばん字がうまいペイルンが書いた。

正確に言うと、壺の断面図だ。壺の輪郭は太くて黒いマジックでくっきりと描かれ、内部はまるで蟻《あり》の巣のようにたくさんの小部屋に区切られている。小部屋の大きさは基本的に、現実の施設の寸法とあまり矛盾しないようにみんなで気を配った。遊園地は当然病院や図書館より大きく、夜市はそれよりもっと大きい。小部屋は幾層にも重なり合っていて、それぞれの階層をつなぐエレベーターもある。

すこしまえのことだ。

日本の小学生が卒業記念にタイムカプセルを埋めているのを、ペイルンがたまたまケーブルテレビで観た。それを聞いたアランが、自分も大事なものをしまっておく壺を持っていると打ち明けた。珍しい王冠とかロバの形をした栓抜きとかさ、そういうもんだよ。アランは得意げに言った。不思議な紫色の貝殻とか、あとは祖父ちゃんからもらった本物の勲章だろ、曽祖母《ひい》ちゃんにもらったむかしの中国大陸のコインだろ、それに戦車に轢かれてぶっ壊れちまった親父のロレックスとか、道端で拾った銀色のブレスレットなんかをひとまとめに入れてるんだ。えっ、おまえの父ちゃんって戦車に轢かれたことがあるの？　ぼくとペイルンはびっくりして尋ねた。ああ、とアランはにやっと笑った。軍事教練中に左腕を戦車に轢かれたんだけど、腕時計が壊れただけで腕のほうはなんともなかったんだって、いまでもちゃんとくっついてるよ。

で、ぼくが授業中になんでも好きなものを入れておける空想の壺の絵を描きはじめ、それがこのふたりにも伝染したというわけだ。

ぼくとアランとペイルンは、この壺のなかにぼくたちのすべてを封じこめようとしていた。およそ小学三年生の頭で考え得るすべての楽しいこと、あらゆるかっこいいこと、胸を焦がす憧れをひとつの壺のなかにぎゅっと押しこむのだ。いつしかぼくたちの妄想は白熱し、しまいには宇宙ロケット（地球が滅亡した場合に備えて）や豪華クルーザー（地球温暖化で台湾が水没した場合に備えて）、犬や猫や動物園なんかもどかどかぶちこむようになった。ぼくたちは自分だけの壺を描いて、おたがいに見せあっては、ああでもないこうでもないと言いあった。そんなぼくたちが三人だけの理想の壺を描こうと一決するのに、さほど時間はかからなかった。

そう、それが「楊亜嵐、景健武、史佩倫の完全無欠なる楽園の壺」なのだ。

ぼくたちはすぐに、あるタブーに気がついた。言うまでもなく、百貨公司《デパート》の存在である。これを壺のなかに入れてしまうと、ほとんどのものがそこだけで事足りてしまう。世界中の美味美食を味わえるフードコートもあるし、ゲーセンも入ってるし、シネコンだってある。デパート自体が百階建てくらいになっていて、なんでも売っている。本物のNBAの試合が観られるフロアや、蝦《えび》釣り場やプールやサッカー場まで完備するにいたっては、壺の存在意義を脅かすようになった。

ぼくたちはよくよく話し合って、哆啦A夢《ドラえもん》の四次元ポケットとともにデパートをぼくたちの壺から永久追放することに決めた。欲望を無限に満たしてくれる「完全無欠なる楽園のデパート」ではあまりにも味気ない。制限があるからこそ、想像力は飛翔する。ぼくたちの壺には東方の魔法がかけられていて、まるでアラビア人のナイフみたいに謎めいていなければならなかった。

もうすぐつぎの授業がはじまろうとしていた。三時間目は霍明道《フォミンダオ》先生の郷土教学のクラスだった。

「おれたちが言ってんのはさ」腕時計を気にしながら、アランが言った。「壺のなかだって無限じゃないってことだよ」

「それに紋身街って場所じゃん」ペイルンが口を尖らせる。「場所を入れていいなら、西門町《せいもんちょう》を丸ごと入れたっていいし、なんだったら台湾だって入れられることになるだろ？　それだったら、この壺の意味がないじゃん」

「軍隊を入れられるんなら、場所だって入れられるはずだろ？」ぼくは断固として絵のなかの一郭を指さした。「紋身街なんてちっぽけな場所で、軍隊の一個師団ほども大きくないんだぞ」

「ちっぽけでも必要ないものは必要ない」

「だから、ぼくには必要なんだって！」

「それって、井の中の蛙《かわず》じゃん」アランかペイルンのどちらかが言い放った。「だって、おまえは自分の住んでるところが最高だと思ってんだろ？」

それを言っちゃおしまいだ。

ぼくたちは相手の言うことに耳を貸さず、自分の言いたいことだけをわめき散らした。ぼくが紋身街を壺に入れることにこだわるように、彼らはそれを排除することにとことんこだわった。そして、よくあることだけど、怒鳴りあっているうちにだんだん紋身街のことなんかどうでもよくなった。とにかくこのわからず屋どもをぎゃふんと言わせないことには腹の虫が収まらない。議論からテーマが抜け落ち、いつのまにかただの悪口の応酬になっていた。

ぼくたちは自分自身のちっぽけな全存在をかけていがみあった。いがみあうために、いがみあった。ペイルンがうちの食堂は小汚いと本音を漏らし、ぼくも彼のうちのパイナップルケーキは食えたものじゃないとやりかえした。アランが声を大きくすると、ぼくはそれ以上の大声を出し、するとペイルンが金切り声をあげた。

「じゃあ、多数決で決めようぜ」始業のベルを合図に、アランが突き放すように言った。

「紋身街を壺に入れるのに反対の人！」

　アランとペイルンの手がさっと挙がり、ぼくはふたりをにらみつけた。霍先生が教室に入ってくると、まだ席についていない子たちが慌てて着席した。

「算了《もういい》、こんな料簡の狭い壺なんかくそ食らえだ！」

「算了就算了《いいならいい》！」ふたりが異口同音に吐き捨てた。「誰怕誰啊《勝手にしろ》！」

　ぼくたちは憤然と席に戻り、冷戦の勃発に粛々と備えた。

　それは四月も終わりかけのことで、炎暑を予感させる風がもう吹きはじめていた。ガラスの破片をまぶしたような強烈な陽光が中華路に降りそそぎ、中央分離帯に植えられたツツジを汚らしい茶色に溶かしていた。排気ガスにまみれた大王椰子だって、これから先は面白いことなんてなにもないとでもいうようにぼんやりと立っていた。

　ぼくとアランとペイルンはそれからも数えきれないほど喧嘩することになるのだけれど、記憶にあるかぎり、これがぼくたちの最初の諍《いさか》いだった。ぼくたちは小学三年生のときに、はじめておなじクラスになったのだった。

家に帰って阿華《アファ》に事情をぶちまけると、ちょうど珍珠奶茶《タピオカミルクティー》を買いにきていたニン姐さんと猪小弟《ピッグボーイ》も腹を立ててアランとペイルンを悪しざまに罵った。

ニン姐さんは彼らのことを「法西斯《ファシスト》」と呼んだ。どういう意味かはさっぱりだけど、その声には「強姦魔」とか「カンニング」と言うときの響きがあった。

「だって、その壺にはなにを入れてもいいんだろ？」ピッグボーイがむきになって言った。「台湾の教育はどうなってんだ？　ガキのうちからそんな官僚主義的な育てかたをしてんのかよ」

「あいつら、ぼくのことを井の中の蛙って言ったんだ！」

「プライドの問題さ」阿華だけが冷ややかだった。「そいつらの親父はなんの商売をやってんだ、小武？」

　アランは軍人の家系だ。お祖父ちゃんは陸軍の将校で、曽《ひい》お祖父ちゃんもそうだと言っていた。曽お祖父ちゃんのほうは中国大陸で共産党と戦ったという話だった。

　ペイルンのうちはむかしながらの土鳳梨酥（餡にパイナップルしか使わないパイナップルケーキ。冬瓜を混ぜ合わせたものと区別される）を売る店だけど、馬英九《ばえいきゅう》総統の時代に中国大陸から押し寄せてきた観光客のおかげで大儲けし、あれよあれよというまにパイナップルケーキ御殿が建った。その後蔡英文《さいえいぶん》総統になり、中国との関係が冷えこんで観光客が激減するやさっさと上海に出店し、いまも人民元を稼ぎつづけている。

「どっちも国民党だな」阿華が嘲《あざけ》った。「そのガキどもはな、小武、おまえのことをどっかで見下してやがるんだよ」

「政治は関係ないでしょ」

険のある声でニン姐さんが嚙みつくと、ピッグボーイもうなずいた。「子供にへんな価値観を植えつけんな」

阿華は薄ら笑いを浮かべて、降参のポーズをとった。

ぼくが理解できずにおたおたしていると、ニン姐さんが補足してくれた。「阿華が言いたいのはね、本当の友達ならあんたが大事にしてるものを否定しないってことよ」

そんなふうに言われて、なんだか悲しくなってしまった。

「ねえ、小武、知ってる？　井の中の蛙という諺《ことわざ》にはね、つづきがあるのよ」

ぼくは涙をこらえてニン姐さんを見上げた。

出処は荘子なんだけど、そう前置きをしてから、ニン姐さんは教養のあるところを見せつけた。

井蛙不可以語於海者、拘於虚也。
夏虫不可以語於冰者、篤於時也。

「井蛙《せいあ》に海のことは語れないし、夏虫《かちゅう》に氷のことは語れないって意味ね」

井蛙の諺は知っている。井の中に棲む蛙を、東海に棲む大亀が憐れむ話だ。でも、夏虫の話がそのあとにつづくとはちっとも知らなかった。ぼくはそのことについてとっくり考えた。井蛙も夏虫も、まったくおなじことを言っているとしか思えなかった。蛙をコケにしたあとで、大亀のやつは夏の虫のことも馬鹿にするのだろうか？

「日本人がこの諺のつづきを考えたの」ニン姐さんがつづけた。「井の中の蛙大海を知らず、されど空の深さを知る」

「つまり、なにが言いたいのさ？」

「井蛙はたしかにちっぽけな世界しか見えていないかもしれない。でもね、大きな世界に棲むものには見えないなにかが見えているかもしれない」

「それが空の深さってこと？」

神妙に話を聞いていたピッグボーイが力強くうなずく。ぼくを見つめるその顔は、厳しい修行を終えてやっと下山を許された成龍《ジャッキー・チェン》を見守る功夫《クンフー》のお師匠様みたいだった。

「おいおい、勘弁してくれよ」水を差したのは、三人連れの女の子にタピオカミルクティーを売っていた阿華だった。「まさか、だからちっぽけな世界も悪くねえ、なんてオチじゃねえだろうな」

「なによ」ニン姐さんが喧嘩腰で言った。「だったらなんだってのよ？」

「禅でもはじめたのか、おまえ？　ちっぽけな世界はしょせんちっぽけな世界なんだよ。ちっぽけな世界でのほほんと暮らしてりゃ他人からコケにされる。この世界はそういうところだろうが」

「でも、広い世界じゃ生きられない人もいるでしょ！」

「そりゃおまえら彫り師のことを言ってんのか？」ミルクティーをつくる阿華がせせら笑った。「おまえらこそ小武におまえらのちっぽけな価値観を植えつけんな。おまえらみてえな日陰者になってほしいのかよ？」

ニン姐さんが舌打ちをした。

「いいか、小武、ちっぽけな世界を選ぶにしても、まずは広い世界を見てこなきゃなんねえんだ。いろいろ知らなきゃ、そもそもどこがいちばんかなんてわかんねえだろ？」

ぼくは阿華とニン姐さんにかわるがわる目をやった。ビッグボーイは顔を伏せていた。

「紋身街なんざくそみてえな場所さ」お客さんにお茶とお釣りを手渡しながら、阿華はぼくの目をまっすぐ見て言った。「なにが『されど空の深さを知る』だよ……日本人の考えつきそうなこったぜ。いいか、小武、おまえんちのメシは美味いし、おまえの両親もいい人たちだ。でもな、こんなところで終わっちまうような生き方だけはすんな。わかったか？」

あのころ夢中になった多くのこととおなじように、けっきょく「完全無欠なる楽園の壺」に傾けていたぼくたちの情熱もまた短命だった。

そりゃ二、三日は意地を張った。アランとペイルンはこれ見よがしにじゃれあい、ぼくが手放した友情の価値をことさら強調した。ふたりはまるでショーウィンドウのなかにいるみたいだった。手がとどきそうでとどかない。彼らはぼくには目もくれず、肩を組んで教室を移動したり、喧嘩を売っているとしか思えないような歓声をあげて運動場へ飛び出していったりした。ぼくはぼくで、おまえたちと友達じゃなくたって世界はこんなにも美しいんだというふりをした。

幸いにして、ほかに考えなければならないことができた。

阿華に「紋身街なんてくそだ」と言われた日、ぼくは家に帰るなり父ちゃんと母ちゃんにそれをそっくりそのまま伝えた（「ねえ、いま阿華がこんなことを言ってたよ」）。

そのとき父ちゃんは鶏肉を切っていたのだけれど、やおら中華包丁をまな板にドンッと突き立てると、サンダルのかかとをずるずる引きずって阿華の屋台へと歩いていった。母ちゃんがぼくの頭を小突いた。あんたって子は言わなくてもいいことしか言わないんだから。まさにそれがぼくの狙いだった。紋身街を代表する父ちゃんに、紋身街を馬鹿にするやつらをこてんぱんにやっつけてもらいたかった。

ぼくと母ちゃんは固唾を呑んで成り行きを見守った。父ちゃんは二言、三言しゃべり、阿華に人差し指を突きつけた。しめしめ、父ちゃんが腹を立ててるぞ。父ちゃんが怒ると、とても怖い。一度、母ちゃんを革のベルトでひっぱたいているのを見たことがある。母ちゃんは泣きわめいて逃げまわったけど、父ちゃんは追いかけたりしない。むすっと腕を組んで、母ちゃんがなにかを悟って自分から戻ってくるまで待ち、それからまた打った。

阿華が両手を広げてなにか弁解する。父ちゃんは腕を組んでそれを聞いていた。弁解をさせたら阿華の右に出る者はいないけど、ぼくは父ちゃんがいまにもズボンからさっとベルトを引き抜いて、阿華をビシバシひっぱたくんじゃないかとわくわくした。

残念ながら、そんなことにはならなかった。それどころか、父ちゃんが阿華に握手を求めた。ぼくは舌打ちをした。いったいなにがどうなってんだ？　顔面蒼白の阿華が腕で額の汗をぬぐう。命拾いしたような顔だった。かかとを引きずって店に戻ってきた父ちゃんは、沈痛な面持ちで煙草に火をつけて一服した。くわえ煙草のまま、まるで若きアーサー王が岩に刺さった石中剣を抜くみたいにまな板から包丁を抜き取り、無言で鶏肉を切りはじめた。

「ねえ、父ちゃん」ぼくはもやもやしてその背中に声をかけた。「阿華となにを話したの？」

「将来の話だ。金が貯まったら、屋台をたたんで出ていくそうだ」

「えっ？　阿華、いなくなっちゃうの？」

「あいつの言うとおりだ」鶏肉を叩き切りながら、父ちゃんが背中越しに言った。「こんなごみ溜めをおまえのゴールにしちゃいけないんだ」

父ちゃんは煙草を根元まで吸ってから、地面に落として忌々《いまいま》しそうに踏み消した。この日から、父ちゃんはすっぱり煙草をやめた。ずっとあとになって母ちゃんから聞いた話では、父ちゃんがどうあってもぼくを大学にやろうと腹を決めたのは、このときだったそうだ。そんなこと、もちろんぼくはなにも知らなかった。友達と喧嘩したことで、いっぱいいっぱいだった。誰も紋身街のために正義を行使しないことにむかついていた。突然店を一時間早く開けて一時間遅く閉めるぞと宣言した父ちゃんの気まぐれに、ただただうんざりしていた。

アランたちとの冷戦も一週間が過ぎ、十日におよぶころには、あの壺に果たしてそれだけの価値があるのだろうかとみんな訝《いぶか》りはじめた。

その証拠にアランとペイルンはそれほどはしゃがなくなったし、仲良しアピールもどことなく白々しく感じられた。一度なんか、アランがペイルンに向かって「だからおまえはだめなんだ」と言っているのが聞こえた。アランはそう言いながら、ちらりとこっちに目を走らせた。その言外の意味をぼくはこう受け取った。ペイルンとふたりきりにも飽きてきたよ、小武。

それでも、自分のほうから歩み寄るつもりはなかった。とりわけ紋身街の一部であるはずの阿華や父ちゃんが紋身街のことをくそだと思っていると知ったあとでは、なおさら折れるわけにはいかなかった。壺の絵なんかもうどうでもよかった。あんな壺に紋身街を描き入れようがどうしようが、現実はなにも変わらない。現実はただひとつ、アランとペイルンにまでぼくの所属する場所をコケにされるわけにはいかないということだけだった。

いろんなことが重なって、ぼくは漠とした不安を抱えこむようになった。自分の人生をかたちづくるものが永劫不変なんかじゃなく、いつか消えてなくなるかもしれないということに気づいて戦慄《せんりつ》した。ぼくの人生は、父ちゃんや母ちゃん、阿華や彫り師たち、そして紋身街という柱で支えられている。それが全部で、あとはなにもない。大人になるためには、その柱を一本ずつ取りはずしていかなくてはならない。で、しまいにはぼくというたった一本の柱でやっていかなくてはならないのだ。

この思いつきにたじろいだ。あんなにたじろいだのは、人はいつか死ぬということを知ったとき以来だった。内湖《ネイフウ》に住む祖父ちゃんが死んだとき、ぼくは五歳だった。葬儀場の人が防水シートをはぐって、棺桶に入れるまえの祖父ちゃんを見せてくれた。葬儀場の人は檳榔《びんろう》を嚙んでいた。祖父ちゃんはきちんと背広を着て、ステンレスの台に横たわっていた。生きているようには見えなかった。生きているというには、なにかが決定的に足りなかった。ぼくの目の高さに祖父ちゃんの節くれ立った手があった。ぼくはこっそり触ってみた。祖父ちゃんの指は、その指にしていた結婚指輪みたいに冷たくて、硬かった。

ちょうどそのころ、国語の授業で作文の宿題が出た。課題はなんと「わたしの街」！

ぼくは紋身街のことを書こうとして、またもや愕然とした。口のなかが干上がり、原稿用紙に汗がぽたぽたと滴り落ちた。あらためて自分の生まれ育った街のことを書こうとしても、心が浮き立つような思い出がほとんどなにもないのだ。父ちゃんは一杯八十五元の排骨飯《パイコーハン》や鶏腿飯《ジートゥイハン》を売ることにうんざりしていて、不機嫌に煙草を吸い、ときどき母ちゃんをひっぱたく。母ちゃんはときどきぼくをひっぱたく。店の客筋も微妙だ。探偵の孤独《グウドウ》さんは謎めいていて、チンピラの鮑魚《アワビ》は腰抜け。彫り師のケニーはただの太っちょで、刺青がなければそのへんにいる宅男《オタク》となにも変わらない。阿華は面白いやつだけど、女にだらしない卑怯者だ。ニン姐さんの猫がしょっちゅういなくなること？　そんなのだめだ！　記憶にあるいちばん面白い出来事といえば、喜喜《シーシー》が変質者と間違われて警察にしょっぴかれたときのことくらいだ。母ちゃんにたのまれてぼくの体操服を学校までとどけてくれたシーシーは、全身に刺青を入れた不審者として通報されてしまったのだった。ぼくは校門のところから、パトカーに押しこまれるシーシーを見ていた。

認めざるをえない。もしこれが「わたしの街」なら、紋身街なんてくそだ！

「作文だからってありのままを書くことはねえんだぞ」いつものように阿華が自信たっぷりにでたらめを教えてくれた。「大事なのはおまえのメッセージを伝えることだからよ」

「嘘を書いてもいいってこと？」

「嘘のほうがよく伝わることもあるんだぞ」

「例を挙げてよ」

阿華は苦しげに呻き、お客さんにお茶を一杯売ってから話をつづけた。

「たとえば殭屍《ゾンビ》だ。ゾンビに咬まれるとゾンビになっちまうだろ？　殺すには頭を撃ち抜くしかねえ」

ぼくはうなずいた。

「つまり、自分の大事な人がゾンビに咬まれたときに頭を撃ち抜けるかって話さ」

わかるような、さっぱりわからないような気がした。ゾンビなんて嘘っぱちだけど、大事な人が嘘になり果てても、やっぱり大事であることに変わりはないということなのだろうか？

家に帰ると、体中の骨が軋《きし》むまで店の手伝いをさせられた。客の多い夜で、テーブルを拭いたり、食器を下げたり、出前に出ているときでさえも、なにかが脳みそをふさいでいるような息苦しさに囚《とら》われていた。不思議な感覚だった。なにかが体のなかに閉じこめられていて、それが出口を探して這いまわっているような感じ。レースまえの競走馬のような気分だった。イライラしたので、宿題のことを考えて気を紛らわせた。

やっと客足が途絶えたと思ったら、今度は煙草を吸えない父ちゃんが目をキツくして貧乏ゆすりをはじめた。触らぬ神に祟りなしだ。ぼくはこっそり店を抜け出し、阿華のスマホでも借りて遊ぼうとしたのだけれど、母ちゃんに見つかって怒鳴られてしまった。

「どこへ行くんだい、戻ってきてさっさと宿題をやっちまいな」

ぼくは舌打ちをし、牛のようにのろのろと店のテーブルにまっさらの原稿用紙を広げた。こんな街のいったいなにを書けってんだ？　ほとんどなにも考えないまま、頭に思い浮かんだことを適当に書き散らした。とにかく升目さえ埋めてしまえばいいんだ、先生だってどうせろくに読みやしないさ。頬杖をつきながら、不貞腐れた態度で升目をひとつひとつ埋めていった。そして気がつけば、押し寄せてくる物語を夢中になって捕まえていた。驚いたことに、まるで薬玉《くすだま》から飛び立つ白い鳩のように言葉がほとばしった。


井戸の底に、蛙が一匹住んでいました。

蛙は井戸の外には出たことがありませんでしたし、自分が世界でいちばん偉いのだと信じていました。

狭い井戸なので、蛙よりも大きくて強いものなんて、いなかったからです。

井戸のなかは快適でした。夏にはお陽さまの光の矢が、まっすぐに射しこんできます。光の矢は水中で折れ曲がって、蛙のいる水底あたりまでとどくころには、ゆらめく虹のリボンになっています。

秋には黄金色に染まった銀杏《いちょう》の葉ごしに、まん丸なお月さまにも会えます。

冬は……蛙は冬眠をしてしまうので、冬のことは知りません。

でも春になると、水面がさくらの花びらでいっぱいになって、蛙はうす桃色の光につつまれて目をさますのです。

ある日、一匹の小さなコオロギが井戸に落ちてきました。

「きみは誰だ？」蛙は尋ねました。

コオロギはどうにか壁ぎわまで泳いで行くと、石のすこし出っぱったところによじのぼりました。

「わたしはコオロギです。うっかり足をすべらせて、落っこちてしまったのです。お尋ねしますが、この暗くて狭い井戸からは、いったいどうやったら出られるのでしょうか？」

蛙は首をかしげました。

「ここは暗くて狭いかい？」

「外の世界にくらべれば、こんな井戸なんてたいへんちっぽけなものです。あなたはずっとここにいらっしゃるのですか？」

そうだと蛙は言いました。

「外の世界を知らないなんて……あなたはこんなじめじめした井戸のなかで、いったいどんな楽しみがあるのですか？」

ここはじめじめしているかい、と蛙は訊きかえしました。

「壁なんて緑の苔《こけ》でいっぱいじゃありませんか！　よろしいですか、生き物というのは、みんな広い野原で生活するのがいちばんなのですよ。あなたはこの世でもっとも価値あるものはなんだと思いますか？　すすきのざわめきやわたしたちの歌声は、こんなところにいたのではとうてい聞こえませんよ」

そこまで聞くと、蛙はとうとう長い舌を出して、ぺろりとコオロギを食べてしまいました。

広い野原がなんだというんだ。口をもぐもぐ動かしながら、蛙はそんなふうに思いました。この世でいちばん価値があるものは、透きとおった冷たい水じゃないか。

どう言ったらいいのだろう。

自分のなかにこんな物語があるなんて思いもしなかった。それはまるで刺青のように、すでにぼくのなかに彫りこまれていた。蛙のぬめぬめした緑色の体や、瑪瑙《めのう》のようなふたつの目玉や、その声すらありありと思い浮かべることができた。

たしかに宿題の趣旨には反する。そんなことはわかってる。それでも言葉はつきなかったし、書いているあいだは不安を忘れることができた。ぼくのなかには物語をしまいこんだクッキーの缶があって、ぼくはそこから好きなものを掴み出すだけでよかった。

店にご飯を食べにきたニン姐さんに読んで聞かせると、早くつづきが知りたいと言われ、ますますやる気が出た。

学校の休み時間も一心不乱に書きつづけるぼくを見て、アランとペイルンは眉をひそめた。彼らが遠目にこちらをうかがっているのは知っていた。いずれなにか因縁をつけてくるということも。だからアランに耳打ちされたペイルンがいやいやながら近づいてきたとき、ぼくは原稿用紙から顔も上げずに機先を制した。

「なに考えてるか知らないけど、いますぐ忘れろ」

困惑したペイルンがふりかえってアランを見やる。アランは口の動きだけで「去啊《いけよ》」と焚きつけた。

さもなきゃ、とぼくは静かにつづけた。「おまえからぶちのめしてやる」

ペイルンは傷ついたように立ちつくし、それから回れ右をしてアランのところへ帰っていった。アランが目を吊り上げてなにか言うと、ヒステリックにわめいた。

「だったら自分でやれよ、おれはおまえの子分じゃないんだぞ！」

ぼくは鼻で笑い、物語のつづきに没入していった。


その年は雨がちっとも降らず、井戸の水は涸《か》れ、底のほうに泥がつもりました。食べるものにも困る日々が、もう何カ月もつづいていました。

蛙は力をふりしぼって、井戸の壁をよじのぼりました。このままでは、餓え死にしてしまいます。途中、何度もふりかえっては、おだやかで気ままだったころを思い出して、涙を流しました。

とうとう井戸のふちに立った蛙は、はっと息をのみました。草花をゆらす風、虫たちのざわめき、うっそうと茂った森。そこには、いままで見たことのない風景が広がっていました。

目に入るものすべてが新鮮で、希望に満ちあふれているように思えました。深呼吸をすると、蛙はもう一度せまい、みすぼらしい井戸をふりかえりました。

「さようなら」

そう言うと、元気よく草むらのなかへ跳び下りました。

鼻をくすぐる草のにおいもはじめてなら、足のうらに感じる地面のあたたかさもはじめてです。うれしさともの珍しさのあまり、蛙はそこらじゅうをぴょんぴょん跳ねまわりました。

そうこうしているうちにも、お陽さまはどんどんのぼっていきます。地面から、水蒸気がうっすら立ちのぼるほどの暑さになりました。

「さて、これは困ったな」

さすがの蛙も、この暑さではまいってしまいます。涼しい木陰を探して、あたりをのろのろ這いまわりました。

運よく一本の老樹を見つけることができました。樹の根元の土はひんやり湿っていて、たいへん好ましく思われました。

蛙はほっとため息をついて、木陰に腰をすえました。そよ風が吹き渡り、木漏れ日が蛙の体に光の網を投げかけています。

あまりにも気持ちがよかったものですから、思わずうとうとしかけたとき、頭の上で誰かが怒鳴りました。

「やい、この薄汚い蛙め！　あっちへいけ、あっちへいけ！」

見上げると、キツツキが一羽、そのするどい嘴《くちばし》を蛙に突きつけんばかりに怒っています。

「ごめんなさい、ここはきみの家だったんだね」

蛙の礼儀正しさに、キツツキは機嫌を直して、やっと静かになりました。

「なぜ蛙なんかがこんなところにいるんだい？」

蛙は説明しました。井戸が涸れてしまったこと、はじめて外の世界へ出たのだということ、そして新しい住処《すみか》を探さねばならないこと。

「それは気の毒だったな。しかし、ここはだめだ。ほかの動物がやってきておまえを食べてしまうまえに、さあ、早く行っちまえ」

「じゃあ、ぼくは行くことにするよ。きみはどこかよい場所を知らないか？」

「よい場所なら、この樹以外にはなかろうさ。おまえたち翼のない者にはわかるまいが、大空ほど豊かなものはない。そして、大きな樹ほど安全でおだやかなところはないんだ。何百年も風雨に耐えてきた老樹よりほかに美しいものなんかないよ。おまえも早くそんな樹を見つけることだね」

言い終わると、キツツキはひらりと樹のてっぺんへ飛んでいきました。あとに残された蛙は、ぽつりとつぶやきました。

「でも、ここにはきれいな水がないじゃないか」

お陽さまが一日の最後の光を投げかけるころ、ようやく小川のせせらぎが聞こえてきました。

蛙は大よろこびで音のするほうへ跳ねていき、頭から川のなかへ跳びこみました。なにも考えられませんでした。耳に入るのは、コオウン、コオウン、という水の丸っこい音だけです。

小川の水は井戸の水とはちがって、いつもさらさらと流れています。くすぐられるようなその感触がなんとも心地よく、蛙は夢中で泳ぎまわりました。

「ここにくらべれば、あんな小さな井戸や老樹なんて――」

このとき、なにかに足をひっぱられて、あっという間に水中へ引きこまれてしまいました。

蛙は必死にもがきました。浮き上がっては引きこまれ、引きこまれてはまたもがきます。

そうしているうちに、なんとか岸辺の岩へ這い上がることができました。

ふりかえった蛙の目に映ったのは、宙に躍り上がる銀色の魚でした。

「きみは誰だ？」蛙は恐ろしさにふるえながら尋ねました。

「ぼくはニジマスだよ」魚はそう答えました。

川から上がってしまえば、いくらニジマスでも追ってはこれません。そこで蛙は、いままでのことをニジマスに話して聞かせました。

ニジマスは、蛙の話を最後まできちんと聞いてくれました。それから、こう言いました。

「ここはだめだよ。この川できみを食べようとするのは、ぼくだけじゃない。蛇や鳥、野ネズミやカワウソだっているんだ」

「じゃあ、ぼくは行くことにするよ」蛙はしょんぼりと言いました。「きみはどこかよい場所を知らないか？」

「ここ以外、どこも思いつかないな。きみも水にすむ者なら、ここがいかにすばらしいか、わかるだろ？　ぼくはこの澄んだ水でなければ生きていけないからね」

そう言うと、ニジマスはきらりと身をひるがえして、青い水のなかへ吸いこまれるように消えてしまいました。


ぼくたちの冷戦が終結したのは、ある奇怪な出来事のおかげだった。

その日、ぼくは放課後も学校に居残って例の作文をこつこつ書いていた。家に帰ればこの世の終わりまで店を手伝わされるし、授業中に電光の如く閃いたアイデアを逃したくなかった。青いボールペンのインクの残量を気にしながら、ぼくは机に突っ伏して書いた。

　ニジマスに食べられそこねた蛙は、それから川に沿って旅をつづける。いつしか流れがゆるやかになり、川幅も広くなってくる。水は上流ほど澄んでない。それどころか、ビニール袋や空き缶なんかがぷかぷか浮いている。遠くには、煙をもくもく噴き上げる工場の煙突が見える。ここまでくれば、もうニジマスもカワウソもいないはずだ。歩くことに飽き飽きしていたし、そろそろ川に入っても大丈夫かなと蛙は思う。ぼくの足の水かきは歩くためにあるわけじゃないんだから。そこへ藪から棒に猫が飛びかかってくる――そこまで書いたとき、ふと人の気配がした。

　顔を上げると、教室のドアのところにアランが立っていた。運動場で遊んでいたのだろう、彼は顔に汗をかき、手にバスケットボールを持っていた。

　ぼくたちは無言で見つめあい、気がつけばにらみあっていた。校庭からとどいてくる放課後の物音さえも、ぼくたちのあいだに割って入ることはできなかった。先に口を開いたほうの負けだ。むこうもそう思っているという確信があった。消し忘れた黒板や窓から射しこむ夕陽は、義務教育にがんじがらめになったぼくたちになにかを教えようとしているみたいだった。勉強よりうんと大事ななにかを。

「まだそんなもん書いてんのかよ」

口火を切ったのはアランのほうだった。こっちがだんまりを決めこんでいるので、彼としてはぼく以上に尊大な態度に出るしかなかった。

「ただの宿題だろ？　作家にでもなるつもりかよ？」

ぼくは王者の沈黙を守った。こらえきれずに口をきいた以上、アランにはこの場をとりつくろう責任がある。その重圧が彼を追い詰めてくれるだろう。

「わかった、わかった」と薄笑いを浮かべながら言った。「そんなに紋身街を入れたきゃそうしろよ。そんなにむきになることじゃないだろ？」

百歩譲って、というその言いぐさにカチンときてしまった。

「どうでもいいよ」ぼくは作文を書くふりをした。おまえとちがってこっちはもう先に進んでるんだという空気を鎧《よろい》のようにまとって。「話説完了嗎《話はそれだけか》？」

言葉の残響は猫のように体を丸め、ぼくたちをじっとうかがっていた。陽が傾き、机や椅子の影が不穏に伸び出す。

「幹《くそ》！」

アランは恥ずべき暴挙に出た。いきなりバスケットボールを投げつけてきたのだ。ボールはぼくの隣りの陳珊珊《チエンサンサン》の席を直撃し、ぼくは思わず跳び退《すさ》った。椅子が倒れ、机の脚がコンクリートの床をこする。転々ところがっていく破滅のバスケットボールが、ぼくたちの凶暴な部分を暴いた。

「你幹嘛《なにすんだ》!?」

ぼくが怒鳴ると、アランはそれ以上に怒鳴り返してきた。「景健武、你別太過分《思い上がってんじゃねえぞ》!」

「喧嘩がしたいのか?」ぼくは手に持っていたボールペンを投げつけた。「来いよ!」

ぼくたちは机のあいだを縫って突進し、がっぷり四つに組んでうんうん押しあった。アランが蹴ろうとしたので、ぼくも蹴り返した。まるで二羽の闘鶏のように、ぼくたちはぴょんぴょん飛び跳ねながら足技を繰り出した。蹴りがちゃんと相手に当たるときはいいけど、机や椅子に当たると自分が痛い思いをした。口の端からベロが垂れるまでやつの首をぎゅうぎゅう絞めてやった。そのおかえしに、脳天に拳骨を何発も喰らった。殴られるたびに、目玉がカニみたいに飛び出した。喧嘩というものはいつだってやめ時がむずかしい。だけどこの日にかぎっていえば、それはあまり問題にならなかった。

「小武!　アラン!」取っ組みあっているぼくたちのところへ、ペイルンが駆けこんできて叫んだ。「たいへんだ!　いっしょに来てくれ!」

ぼくたちはそんな声なんか黙殺して、思う存分喧嘩をつづけることもできた。ありていに言って、生まれてはじめての殴りあいに、ふたりともちっちゃな暴れ馬みたいに興奮していた。自分のなかにある野性を目の当たりにして、ほとんどうっとりしていた。でも、このときのペイルンは尋常じゃなかった。大げさでもなんでもなく、ほとんど気が触れかけていた。目の焦点はあやふやで、満面の大汗に加えて、涙と鼻水で顔がぐしゃぐしゃだった。

「早く来てくれ！　祖母ちゃんが……家で祖母ちゃんが死んでるんだ！」

摑みあったまま、ぼくとアランは顔を見合わせた。

お祖母さんが死んでいる。それはたしかに人が取り乱すには十分な理由だけど、ペイルンの場合、それだけではなかった。

「祖母ちゃんが死んでるんだ。だけど……」上ずりながら、胸を詰まらせながら、ペイルンはどうにか言葉を絞り出した。「死んでるんだけど……でも、それは祖母ちゃんじゃないんだ！」

困ったことに、ペイルンのうちにいたのは、死んだお祖母さんをべつにすれば、フィリピン人のお手伝いさんだけだった。パイナップルケーキ屋のオーナーであるペイルンのお父さんは、上海に出張に出かけていて留守だった。

「何度も電話をかけたんだ！」ペイルンがスマホをふりまわした。「でも、ぜんぜん出やしない！」

　ぼくたちはペイルンの両親が離婚していることをこのときはじめて知ったわけだけど、ペイルンのお父さんが上海に小老婆《おめかけさん》を囲っていることを知ったのは、もっとずっとあとになってからだ。中学二年生のとき、いきなり五歳の妹に引き合わされたペイルンは、父親と殴りあいの大喧嘩をした。計算してみると、その妹はまさにペイルンの家で見知らぬ老婆が死んでいた年に授かったことになる。

　ともあれ、お父さんが上海に行っているあいだ、西寧南路にある彼らの豪勢なマンション――大理石のぴかぴかの床、風水的に吉とされる巨大な紫水晶の置き物、景徳鎮の繊細な壺、三つもあるバスルーム、うちの店くらいあるウォーク・イン・クローゼット――には、ペイルンとお祖母さんとお手伝いさんのローズしかいない。で、そのローズはといえば、ほとんど中国語が話せないとくる。

　安楽椅子の上で眠っているようにしか見えないペイルンのお祖母さんを、ぼくたちは取り囲んだ。かたわらに折りたたんだ車椅子が立てかけてある。お祖母さんは花柄のブラウスを着ていて、紺色のゆったりしたズボンを穿いていた。そのしわだらけの顔は目が半開きで、口もぽっかりと開いている。いまにも鼾《いびき》をかきだしそうだった。お腹の上に置かれた手には、蒲葵《ほき》で編んだ団扇《うちわ》を持っていた。

それまでペイルンのお祖母さんには会ったことがなかったので、ぼくとアランはそれがペイルンのお祖母さんではないということにいささか確信が持てなかった。第一、もし本当にペイルンのお祖母さんじゃないとしたら、なぜこの婆さんは他人の家で、しかもこんなに気持ちよさそうに死んでいられるんだ？

「おまえら、これをどう思う？」

そんなことを訊かれても、ぼくとアランにはなんとも答えようがなかった。

「学校から帰ってきたら知らない婆さんがこうやって死んでたんだ」ペイルンは彼のお祖母さんではないという老婆を指さしてわめいた。「いったいどうなってるんだとローズに訊いたけど、さっぱり要領を得ない。こっちがあせればあせるほど、あの馬鹿女も喧嘩腰になってフィリピン語でわけのわからないことをわめき散らす。で、おまえらがまだ残っていたらと思って、おれはとにかく走って学校へ戻った」

ぼくとアランとペイルンは、リビングの片隅にたたずんでいるローズを見やった。フィリピン人のお手伝いさんがほとんどそうであるように、彼女もだぶだぶのTシャツに色鮮やかなスパッツを穿いていた。ずんぐりむっくりで、縮れた髪の毛をざっくりひっつめ、色の悪い唇に毒のような赤い口紅を塗っている。そしてなにが気に食わないのか、突然がなりたてた。死んだ婆さんを指さしながら突進してきて、車椅子を広げて座面をバンバンたたき、それを押してリビングを一周した。

「な？　ずっとこの調子なんだ」

　ぼくとアランはうなずいた。

「おまえの祖母ちゃんって足が悪いの？」アランが素早く尋ねた。

「移動は基本的に車椅子だ。けど、あの婆さんはうちの祖母ちゃんじゃない」

「お祖母さんと車椅子で出かけたって言ってるんじゃないか？」ぼくは注意深くローズのジェスチュアを分析した。彼女は両手を翼みたいに羽ばたかせ、唇を突き出してピーチクパーチクさえずった。そうしながら、両方の拳骨を交互に突き出した。「どこか……鳥がいて、ボクシングとも関係があるようなところに」

「どこだよ、それ？」ペイルンとアランがひとつの声で言った。

　ぼくは肩をすくめた。

　フィリピン人のお手伝いさんは胸のまえで十字を切り、両手を組みあわせて天井にむかってなにか言った。それから、口紅のついた前歯を剝いて威嚇《いかく》してきた。

　ペイルンが舌打ちをした。「この馬鹿女、ぜってークビにしてやる」

　ぼくは彼を慰めようと、大丈夫、もっと頭のおかしいやつだって見たことがあるというふうに微笑んだ。

「このお手伝いさん、いつからいるのさ？」

「まだ二週間くらいだよ。まえの人が辞めてインドネシアに帰っちゃったんだ」

店の客たちが話していたことを思い出す。むかし、台湾はアジアNIES《新興工業経済地域》の四小龍《フォードラゴンズ》のうちの一匹だった。つまり、景気がよかった。だから東南アジアから移工《イーゴン》、つまり外国人労働者がたくさん働きに来ていた。だけどいまではほかの国にどんどん追い抜かれ、お手伝いさんすら確保するのがむずかしい。つまり、とぼくはペイルンを横目で見ながら思った。こいつの家はやっぱりお金持ちなんだ、お金に飽かせてお手伝いさんを雇ってるんだ。すると、なにもかもが急に馬鹿らしくなった。金持ちの家で人が殺されるのは当たり前で、この婆さんだって金に目がくらんだ誰かの陰謀に巻きこまれたにちがいない。

「おい！」アランがローズの手を乱暴に払いのけた。「他人を指さすな！」

甲高い気合いを発して、逆上した鶏みたいに咬みついてくるお手伝いさん。売り言葉に買い言葉で、ぼくたちもいっせいに怒鳴り返した。おたがいの言葉が理解できない以上、勝負の行方は必然的に声の大きさにかかっていた。親に聞かれたらただではすまない汚い言葉を、ぼくたちは思う存分わめいた。感情とは、言葉から意味をさっぴいたあとに残るものだった。

とげとげしい悪意の応酬に亀裂を入れたのは、出し抜けに鳴りだした電話の音だった。まるで悪事が露呈したかのようにぼくたちはぴたっと口をつぐみ、目をぎょろぎょろさせた。いろんな音が耳のなかでわんわん鳴っていて、それが本当に電話の音なのかどうか確信が持てなかったのだ。ペイルンがソファの脇のテーブルにある電話に飛びついた。

「喂《もしもし》！　パパ？」

彼は受話器に意気込んだ。上海にいるお父さんがなにか言っていたけど、それをさえぎってまくしたてた。よほど心細かったのだろう、死人のことをつっかえつっかえ説明するうちに、とうとう泣きだしてしまった。

「だから、ちがうってば！　祖母ちゃんじゃないんだって！」

洟《はな》をすすり、腕で涙をぬぐいながら筋違いの弁解をさせられているペイルンを見るにつけ、やっぱり死人はペイルンの本当のお祖母さんで、ペイルンは混乱しているだけなんじゃないかという気がした。悲しみが大きすぎて、現実を受け入れることができないのだ。そんなペイルンを守るべく、アランは騎士のようにローズのまえに立ちはだかっていた。

「よく見たよ！　おれが祖母ちゃんを見間違えるはずがないだろ⁉　はあ？　本当の祖母ちゃんがどこにいるかなんて、おれにわかるわけないじゃん！　とにかく学校から帰ってきたら、知らない婆さんがうちで死んでたんだって！」

しゃくりあげながら、ペイルンの視線がローズのほうへさっと飛ぶ。ぼくとアランは身構え、新たな局面の到来に備えた。

「My father」目を白黒させているお手伝いさんに、ペイルンは若き当主のように厳粛に命じた。「Speak」

そりゃそうするのがいちばんだ！

ローズが首をふりながらあとずさりした。まるでそれが彼女の子供の死を報《しら》せる電話であるかのように。ぼくの聞き間違いじゃなければ、「ブウ、ブウ」と言った。それはフィリピン語かもしれないけれど、拒絶の中国語「不《いや》、不《いや》」という可能性もなきにしもあらずだった。

「SPEAK, ROSE！」

ペイルンの声には、裁判官が死刑を宣告するときのような冷酷な響きがあった。アランのことは知らないが、ぼくはぶるっと身震いが走った。

つづいて起こったことは、ぼくの記憶に一生刻まれることになる。窮鼠《きゆうそ》猫を嚙むという諺のとおり、追い詰められた人間はどんなことでもやりかねない。ペイルンに受話器を突きつけられたローズがどうしたかと言うと、わっと叫んで家を飛び出し、それきり二度とふたたびペイルンのうちに帰ってこなかった。裸足のままで、靴を履く手間すらかけなかった。

「家を飛び出していっちゃったよ」面食らったペイルンが受話器に訴えた。「パパ、なんであんな女を雇ったんだよ？」

それからしばらくお父さんの話にうなずいたり、相槌《あいづち》を打ったりしていた。

「けど、こっちは今日三十度超えてんだよ、腐っちゃったらどうすんのさ！」

「――」

「うん、わかった……じゃあ、早く来るように言ってよ」

「――」

「ひとりじゃないから大丈夫。学校の友達に来てもらってるんだ」

「――」

「わかった。じゃあ、待ってるよ」受話器を架台に置くと、ペイルンはぼくとアランに言った。「これから誰か大人を向かわせるって」

ぼくたちはおずおずと顔を見合わせた。

ペイルンのうちはマンションの十二階にあって、開け放たれた大窓から心地よい夕風が吹きこんでいた。おまけに死人がそばにいるせいか、もう充分に涼しい。なのにペイルンはせっせと窓を閉めながら、ぼくたちにも閉めろと命じた。さらにリモコンで冷房をつける。すぐに部屋が涼しいをとおり越して寒くなった。

「知らない人がうちで死んでるより悪いことがあるとすれば、それは知らない人がうちで死んだうえに腐っちゃうことだ」

ぼくとアランは力強くうなずいた。

アランが思い出したようにスマホを取り出し、うちの人に電話をかけて事情を説明した。それを見て、ぼくもペイルンに電話を借りてうちに連絡を入れた。

店は夕方のかき入れ時で、電話に出た母ちゃんは殺気立っていた。こっちの言い分もろくすっぽ聞かず、「景健武、你給我小心一点《いい加減にしなさいよ》」と警告されてしまった。ちがうんだって、ペイルンのうちでお婆さんが死んでるんだよ。ぼくは弁明した。え？　ペイルンのお祖母ちゃんじゃないよ……知らないお婆さんみたいなんだ……そんなことぼくに言われても！

事情を理解してもらうのにひどく骨が折れたけど、それはアランのほうもおなじみたいだった。無理もない。台北という街は、赤の他人が自分の家で当たり前の顔をして死んでいていいところじゃない。いや、たぶん世界中のどこだろうと。

底冷えのするリビングでぼくたちは身を寄せ合い、死人をちらちら盗み見ながらつぎに起こることを待ち受けた。ぼくはペイルンにかけてやる言葉を探した。だけど、すぐにあきらめてしまった。安楽椅子で死んでいる婆さんが見ず知らずの他人なら、こいつを慰めてやるいかなる理由もない。

「ゾンビっているじゃん」

こんなときになに言ってんだという顔で、ふたりがこっちを見た。

「もし自分の好きな人がゾンビになっちゃったらどうする？」ぼくはかまわずにつづけた。「頭をぶち抜いて殺せるか？」

「もしおまえがこの婆さんのことを言ってるんなら」即座にペイルンが食いついた。「おれはこんな婆さんなんか好きでもなんでもないぞ」

「おれは殺せるぜ」アランが勇ましく応じた。「だってゾンビになったら、それはもう人間じゃないからな」

それからぼくたちは自分がゾンビになったときにおたがいを殺せるかという話を真剣にした。すると、いまにも死んだ婆さんがむっくり起きだしてくるのではないかと空恐ろしくなった。

「幹《くそ》」アランがつぶやいた。「人間ってのは死んだら迷惑だし、生き返ったらもっと迷惑なんだな」

ぼくとペイルンはうなずいた。

いつしか不思議な一体感が生まれていた。特殊な経験は人を結びつけるし、どう考えてもこれは特殊な経験だった。こんな経験は誰とでもできるものじゃない。もちろんぼくたちはそんな気持ちを意識にのぼらせ、言葉にするにはまだ幼すぎた。それでも、素直な直感に逆らおうとは思わなかった。いま、この瞬間、この広い世界で頼れるのはこの三人だけなのだ。誰も例の壺のことを持ち出さなかった。そんなことはもう大したことじゃなかった。そもそも、まったく大したことじゃなかったのだ。喧嘩が終わってしまえば、その喧嘩の原因はせいぜい思い出にするしかない。そう、コートのポケットからひょっこり出てくる古い映画の半券みたいに。

リビングは雪山のように冷えこんでいた。そのせいか、アランとペイルンはぼくの作文のことをしきりに聞きたがった。頭に酸素が行き渡っていなかったのかもしれない。もったいぶるほどのものでもないし、眠ったら凍死するかもしれないので、ぼくは眠気覚ましにざっと大筋を話して聞かせた。死んだ婆さんは言うまでもなく、アランとペイルンも余計な口を差しはさまずに耳を傾けてくれた。余計な口をはさむには、彼らの奥歯はガタガタ鳴りすぎていた。

物語はまだ完成していなかったけれど、いずれにせよ最後まで話す必要はなかった。蛙の旅が佳境にさしかかるまえにインターホンが鳴り、パイナップルケーキ屋の番頭さんみたいなおじさんが慌ただしくマンションに飛びこんできた。頭の禿げた、でっぷり太った人で、「わっ、なんでこんなに寒いんだ」というのがその第一声だった。

番頭さんはペイルンの本当のお祖母さんと顔見知りのようで、身元不明の老婆を見て目を丸くした。

「こりゃいったいどこの誰だ！」

まるで責めるような口調でペイルンに根掘り葉掘り訊いたので、ペイルンがまたイライラして泣いた。番頭さんはあちこちに電話をかけ、強く出るべき筋には強く出、媚《こ》びるべき筋にはこれでもかと媚び、冷静にふるまうべき筋には官僚的にふるまった。なかなか有能な人のようだ。ぼくとアランの存在にようやく気づいたのは、かけるべき電話を全部かけてしまったあとだった。

「ペイルンについててくれてありがとう」番頭さんは口だけで笑った。その目はまるでここに実印をついてくれと言っているような冷たい光をたたえていた。「もうすぐ九時だ。きみたちはもう帰りなさい」

「どうなってるんですか？」ぼくが尋ねると、アランもあとにつづいた。「あのお婆さんは誰なんですか？」

番頭さんがかぶりをふった。まだなにもわからないという意味かもしれないし、子供はそんなことを気にしなくていいという意味なのかもしれない。どちらにせよ、これ以上ぼくとアランにできることはなにもなかった。

ぼくたちはペイルンを励ましてからマンションをあとにした。

外に出てはじめて、死人のそばがどんなに息苦しかったかを思い知った。夜風は涼やかで、芳《かぐわ》しかった。排気ガスをたっぷり含んでいるはずの空気でさえ、胸を心地よく満たしてくれる。文字通り、生き返った心地がした。

「ペイルンのうちも大したことねえな」空き缶を蹴飛ばしながら、アランが毒づいた。「こんな時間まで付き合ってやったんだからメシくらい食わせろってんだ」

まったく同感だ。アランはペイルンを侮辱したわけではない。あの番頭さんのことを言っているのだ。子供を子供扱いする大人に災いあれ。食堂や屋台から漂ってくる香ばしいにおいに腹がぐうぐう鳴った。

「さっきの話のつづきだけど」アランがおもむろに言った。「おまえの作文のことだよ。けっきょく蛙は猫に食われちゃうのか？」

ついさっきペイルンのうちで、蛙は猫との出会いを果たしていた。番頭さんがやって来なければ、猫は蛙を食ってしまっただろうか？　猫が無慈悲に蛙を食べてしまうとして、それにどんな意味があるだろう？　ぼくはすこし考えてから首をふった。

「たぶん食われないと思う」

「たぶん？」

「どうなるか、ぼくにもまだわからないんだ。でも、もうちょっと蛙の旅はつづくと思う」

　アランがむずかしい顔になったので、ぼくは彼の邪魔をしないように黙って歩いた。中華路に出たところで、アランが足を止めて訊いてきた。

「もしおまえが東野圭吾《ドンイエグイウ》なら、ペイルンの祖母さんはどこにいったと思う？」

　東野圭吾のことは知っていた。まえにシーシーの工作室《スタジオ》で『真夏方程式』という映画をDVDで観たことがある。内容は憶えてないけど、たしか福山雅治《フウシャンヤアジィ》が出ていたと思う。ぼくは東野圭吾になったつもりで推理してみた。いっとき、かなり真剣に。でも、まったく見当もつかなかった。

「まあ、そうだよな」そう言って、アランがひょいと肩をすくめた。「じゃあな、大作家」

「ああ、また明日」

ぼくたちは手をふって別れた。アランは道路を渡って愛国西路のほうへ、ぼくは西門町のほうへとぼとぼ歩いて帰った。

ひとりになってみると、いろいろあってくたびれているはずなのに、考えることをやめられなかった。その日一日の断片——投げつけられたバスケットボールにはじまり、憎悪に塗りつぶされたアランの顔、泣きべそをかくペイルン、死んだ老婆の深い淵のような口、奇声を発して家を飛び出していったフィリピン人のお手伝いさんなどが、四方八方から押し寄せてくる。頭の奥深いところで小さなランプが白熱していて、いくら消そうとしても消せず、ぼくの照らしてほしくないところを照らしつづけた。

だから家に帰る道すがら、蛙の物語に磨きをかけた。蛙のことに集中していると、余計なものがしだいに薄れていき、物事が蛙を中心に整理されていった。つまらない出来事がひとつ、またひとつと抜け落ち、頭のなかのランプはいつしか街灯みたいに正しい道を照らしていた。その道の先には、ぼくが自由になれる唯一の場所がある。そんな気がした。どんなにちっぽけな場所だろうと、自由になれるところがあるのはとてもいいことだった。

ぼくは蛙の身になって考えた。すると、まるで冬眠から覚めたみたいに物語がまた動きだした。中華路を流れるヘッドライトを横目に見ながら、ぼくの蛙はもぞもぞと穴から這い出し、またぞろ冒険のつづきに取りかかるのだった。

いつしか流れが遅くなり、川幅も広くなっていました。水は上流ほど澄んではいません。遠くで、工場の煙突が煙をもくもく噴き上げていました。

ここまで来れば、ニジマスもカワウソもいないはずです。

「そろそろ川に入ってもいいんじゃないかな。ぼくの足の水かきは、歩くためにあるわけじゃないんだから」

そのとき、ガサガサッと草むらが動いたかと思うと、一匹の猫が飛びかかってきました。

猫の鋭い爪から逃れるために、蛙は後ろ足を思い切りふんばって、せいいっぱい遠くへジャンプしました。

危機一髪で水中に逃れることができました。

岸では、猫がくやしそうにこちらをにらんでいます。水のなかまでは、さすがに追っては来られません。

蛙はちょっとだけ岸に近づき、そして、猫に自分のことを話しました。

「きみはどこかよい場所を知らないか？」

蛙がこれ以上近づいてこないことを見て取ると、猫は急につんと取り澄まして、前肢で顔を洗いました。

「いい場所ならここさ。あたしらはねえ、人間と仲良くしてるのがいちばんなのよ。人間に逆らった動物をごらん。みんな殺されちまうんだよ。だけど人間に気に入られてごらんよ。一生食うにゃ困らないんだよ。あんたも早く気前のいい飼い主を見つけることさ」

そう言って、面倒くさそうにのびをしました。

ペイルンの人騒がせなお祖母さんが見つかったのは、それから一週間も経ったあとだった。

見知らぬ老婆が我が物顔で死んでいた翌日、ペイルンのお父さんの史《シイ》老板《社長》は上海から飛んで帰ってきた。そして警察に引き取られた死人と対面して、自分の息子は頭がおかしくなってもいなければ、父親の不在によって心が寂しさに押しつぶされているわけでもないことをあらためて確認した。史老板はあの番頭さんとおなじ反応をした。

「こりゃいったいどこの婆さんだ！」

自分を産んでくれた母親を見間違えるはずがないということで、警察はこの一件に事件性を見出した。さっそく捜査を開始したわけだけど、台湾の警察はどこまで行ってもけっきょく台湾の警察である。こういうことはあせってはいけない、じっくりやらなければ犯人（そんなやつがいるとして）を取り逃がしてしまう、身代金の要求みたいなものはありましたか？

そんなものはないと史老板が答えると、担当警察官は心からの同情をこめてうなずき、まずは熱いお茶を史老板にすすめ、それから自分もお茶をすすりながら小一時間ほども新聞を読んでいた。あのぉ、と史老板がおずおずと尋ねた。それで捜査のほうは？　すると、担当警察官は鬱陶《うっとう》しそうに言った。死体の身元が判明するまでは我々も動きようがありませんからなあ。ペイルンの話では、謎の老婆の死因が脳卒中であることが判明してからは、警察のやる気も半減したとのことだった。

なんの進展もなく一週間が過ぎたある日、事件は急転直下の解決を見た。

三日降りつづいた雨があがったその朝、台北の空には大きな虹がかかっていた。史老板は朝食と新聞を買いに出かけた。すっきり晴れて清々しい朝だったので、彼はすこし散歩をすることにした。植物園をとおり抜け、しばらくご無沙汰していた南海路の豆漿店（豆乳や朝食を売る店）まで足をのばした。

植物園の朝は十年一日の如しだった。史老板が子供のころから見慣れた風景がそっくりそのままそこにあった。老人たちが太極拳に血道をあげ、ラジカセをガンガン鳴らして体操にいそしみ、社交ダンスにうつつをぬかしている。もし永遠に変わらないものがひとつだけあるとすれば、と史老板は思った。それは植物園の朝の営みだな。

そうは言っても、むかしとまるきりおなじというわけでもない。熱帯植物はいまのほうがずっと種類が豊富だし、手入れもいきとどいている。心地よい木陰を巡る遊歩道も整備され、遊歩道の木製の手すりには人に慣れたリスたちがちょろちょろ走りまわっていた。いちばん変わったのは、車椅子の老人が増えたことだ。史老板は思い返してみたが、子供のころに植物園で車椅子の老人を見かけたという記憶はあまりなかった。すくなくとも、こんなにたくさんはいなかった。一九九一年に外国人労働者を受け入れる法案が立法院で可決されると、あっという間に移工が増えた。そのおかげで足取りのおぼつかなくなった年寄りたちは、薄暗い家のなかにひきこもっている必要がなくなった。フィリピンやインドネシアやタイからやってきたお手伝いさんに車椅子を押させ、あちこちへ出歩けるようになった。

歩道にはみ出た油っぽいテーブルで、史老板は朝のにおいのする新聞を読みながら熱々の豆乳と香ばしい焼餅油條《シャオビンヨウティヤオ》、そしてちょうど蒸しあがったばかりの包子《パオズ》を食べた。

公平を期すために、新聞はいつも二紙――比較的保守的な聯合報と急進的な自由時報――を買うようにしている。心中は複雑だった。史老板は心情的には台湾の独立を願っているのだが、商売上は中国大陸に負うところが大きいので、選挙のときはいつも国民党に票を投じていたからだ。

　さて、たっぷりした朝食をとった帰り道のことである。自社の主力商品であるパイナップルケーキの大陸での売り上げがあまりかんばしくないことをくよくよ悩みながら植物園のなかを歩いていると、永毅《ヨンイ》、永毅、と自分の名を呼ぶ声がする。こっちだよ、永毅、ええい、どこを見てるんだろうねこの子は！　電流が史老板の体を貫いた。きょろきょろとあたりに目を巡らせると、はたして棕櫚《しゅろ》が茂り、アフリカホウセンカの咲く涼しげな日陰から、ほかの誰でもなく自分の母親が大声を張り上げていたのだった。

「マジか？」阿華が素っ頓狂な声をあげた。「つまり、お手伝いがふたりの婆さんを取り違えたってことか？」

「そうらしいんだ」と、ぼく。

「あのことも話しておやりよ」母ちゃんはぼくをせっついたくせに、待ち切れずに自分でしゃべった。「ペイルンのお祖母ちゃんはね、よその家に連れていかれたのに、三日も気がつかなかったそうだよ。ほら、そのあと雨が降っただろ？　だから、散歩にも連れ出してもらえなかったんだって」

興味津々で話を聞いていた彫り師たちがどっと笑った。

「とにかく」ぼくは咳払いをして笑いを静めた。「その家のお手伝いさんもフィリピン人で、ペイルンのところのローズとは台湾に来てから友達になったらしいんだ。ほら、夕方にゴミ回収車が来るとさ、移工の人たちがゴミ出しにたくさん出てくるじゃん」

全員がうなずいた。

「ローズとそのフィリピン人のお手伝いさんもゴミ出しで顔見知りになったんだ。おたがい毎朝車椅子の婆さんを散歩させてるから、待ち合わせておしゃべりをするようになったってわけさ」

「それで車椅子を取り違えたわけね？　あの人たちから見たら、あたしたちってそんなに見分けがつかないのかしら」

ニン姐さんが口をはさむと、阿華とケニーが「小武が話してんだぞ、話の腰を折るなよ」と文句をつけた。

「とくに年寄りは見分けがつかないのかもね」ぼくは作文を清書しながら話を継いだ。「まあ、どっちも似たような背格好だし、どっちも白髪頭だったしね。とにかく、ほとんど奇跡としか思えないようなことがいくつも重なって起きた事件だよ。ローズも、もうひとりのほうも台湾に来たばかりで中国語がわからなかったしね。死んだほうのお婆さんが独り暮らしじゃなかったら、こんなに長びかなかったよ」

清書に集中するためにぼくが口を閉じると、独居老人の孤独死についてみんながいっせいにやいのやいの言った。こんな結末は東野圭吾にだって書けないだろう。ぼくだって信じられないけど、本当のことなんだから仕方がない。だけど、驚くにはあたらないのかもしれない。謎に満ちたこの世界ではどんなことでも起こり得る。むかしどこかの国で、いきなり大量の蛙が空からぼたぼた降ってきたことだってある。それとくらべれば、この世界の片隅で婆さんたちが取り違えられたからって、それがなんだというのだ。

「で、そのローズってお手伝いはどうなったんだよ？」誰かが尋ねた。

「ぼくが知るわけないじゃん」原稿用紙から顔も上げずに答えた。「べつに警察に捕まるほどの悪いことをしたわけでもないし……フィリピンに帰ったんじゃないの？」

「さっきからなに書いてんだよ、小武？」

「この子の作文が台北市の賞を取ったのよ！」我が意を得たりと母ちゃんが声を張った。

「今度中正紀念堂に貼り出されるから、あんたたちも見に行ってあげてよ」

「作文って、こないだ読んでくれた蛙のやつか？」ケニーが言った。「あれが賞を取ったのかよ？」

「この子はね、抓周《ジュアジョウ》（満一歳の誕生日に子供が手に取ったもので将来を占う風習。稲穂、聴診器、そろばん、本やペン、ボールやおもちゃの拳銃など、その職業を象徴するものを子供に選ばせる）のときに筆を取ったのよ。ひょっとしたら、将来は本当に大作家になっちまうかもしれないよ」

「あのときは終わりがまだ決まってなかったでしょ？」ニン姐さんが原稿用紙を覗きこんでくる。香水のいいにおいが鼻先をかすめた。「クジラと会ったあと、蛙はどうすることにしたの？」

清書が一段落つくまで、ぼくは口をしっかりと閉じていた。一文字一文字、全身全霊を傾けて原稿用紙の升目を埋めていき、そしてとうとう最後の句点を打った。まるでものすごいミサイルの発射ボタンを押すように、ぼくはその句点を打った。それから、顔を上げて言った。

「クジラと会ったあとの蛙の気持ちは、ふたとおりしか思いつかなかったんだ。自分を憐れむか、さもなきゃクジラを憐れむか」

阿華はとっくに自分の屋台に戻っていて、ケニーは晩ご飯のつづきにとりかかり、父ちゃんと母ちゃんは新しく入ってきたお客さんの応対をしていた。ニン姐さんだけがうなずいた。

「だから、蛙はどうもしない」ぼくは言った。「蛙がどうふるまっても、それは嘘になっちゃうような気がするんだ」

そのことについて、ニン姐さんはしばらく真剣な顔で考えこんでいた。仕上げたばかりの作文を、ぼくは誇らしい気分で眺めた。アランとペイルンに感謝すらしていた。紋身街や軍隊やパイナップルケーキ屋を壺のなかにぶちこみ、みんなで手を突っこんでかきまわしているうちに、いつのまにか物語ができてしまった——そうとしか思えなかった。

「それでいいのかもね」ニン姐さんが微笑《わら》ってぼくの頭を撫でた。「だって広い世界もあるし、深い世界もあるし、広くて深い世界もあるもんね」

川幅はどんどん広くなり、水も、水だか泥だかわからないくらい濁ってきました。

胸がむかむかするのをこらえて、蛙はなおも川を下りつづけました。

足に痛みを感じて、ふりかえりました。濁った水のせいで、はっきりとは見えませんが、なにかが足をはさんでいます。

目を凝らすと、真っ赤なハサミが蛙の足を摑まえていました。

「きみもぼくを食べようとするのか！」

蛙はあきれました。体の大きさも大してちがわない相手を、このザリガニは食べようというのですから。

「おれはなんだって食うぜ。このハサミで砕けないものはないからな。おまえはどこから来たんだ?」

そこで、蛙はまた話しました。

「よい場所ねえ……そんなら、もっと川を下るこった。そうすりゃ海に出られる。海は広いから、おまえの言うよい場所とやらも見つかるかもしれないぜ」

「きみは海に行ったことはあるの?」

「おれが?」ザリガニは笑いながら答えました。「広い海にゃ恐ろしいやつらがうようよしてるんだぜ。それにくらべりゃここは天国さ。たしかにちょっと汚《きたね》ぇが、なあに、それも住めば都さ。水が汚ぇおかげで敵から身を隠しやすいし、食う物にも困らねえ。人間どもが食い物を捨てていくからな。おれなんぞは、ここ以外に住むなんてまっぴらごめんさ。どうだい、おまえさんもここを住処にしちゃあ」

蛙は歩いたり泳いだりして、とうとう海にたどり着きました。

その圧倒的な広さに、頭が空っぽになってしまいました。潮風が頭のなかで小さな龍巻になり、悩みごとをごっそりかっさらっていくような、そんな眩暈《めまい》を覚えました。

「これが海か」

心を奪われていると、雷のような大きな声がしました。

「誰だ、おまえは？」

海も割れそうなくらいの大声です。

蛙はすっかりおびえて、しゅんっと縮こまってしまいました。恐る恐る声のほうを見ると、目の前の海が見る見る盛り上がり、大きなクジラが姿をあらわしました。

「小さき者よ、おまえはどこからきたのだ？」

クジラが怒鳴りました。

蛙は覚悟を決めて、キツツキやニジマス、猫やザリガニに話したのとおなじ話を、クジラにもしました。

「住処を探しておるのか。しかし、ここはだめだ」

「それはまた、どうしてでしょうか？」

「おまえは川に住むべきものだ。川に住むものは小さく、弱々しい。やつらは海というものを知らん。海は広い。海は生命の源である。ここに住む者たちは、どれも美しく勇敢だ。彼らは己がちっぽけだということをわきまえている。そして、わたしこそはこの偉大な海の王なのだ。ここはおまえごときが住める場所ではない」

大きなクジラにそう言われては、誰だってあきらめるしかありません。

「しかたがありません。ぼくはよそへ行きます」蛙は静かな心持ちで言いました。「でも、最後にひとつだけ質問に答えてもらえませんか?」

「なんだ?」

「あなたはずっとここにいるのですか?」

「おかしなことを訊くやつだ。いかにもわたしはここで生まれ、ここで生きてきた。ほかにどこへ行けというのだ?」

言い終わると、クジラは礼砲のように潮をポンッとふいて、大海原へと帰っていきました。

カモメたちが、その大きな体にまとわりついています。

あとに残された蛙は砂浜にたたずみ、ただ目を細めて、いつまでもやさしい潮風に吹かれていました。

解説

澤田瞳子

東山彰良は旅人である。

異論は認める。一般的には、東山彰良はどこからどうみても小説家だ。しかしわたしは彼の作品を読むたび、この世に生を受けてしまった者のどうしようもない歩みを、足搔きを、そしてそれでも日々を送る高潔な歩みを読み取らずにはいられない。たとえば織田作之助賞・読売文学賞・渡辺淳一文学賞の三冠に輝いた『僕が殺した人と僕を殺した人』の少年たち、直木賞受賞作『流』の秋生……彼らと彼らを取り巻く人々はみなそれぞれ剝き出しの屈託を抱え、それでもなおまだ見ぬ何かに向かって歩み続ける。常に温和で、どこにいても涼しい風に吹かれているように飄々としながらも、そんな無数の人々の「旅」を冷徹に捉え、実は登場人物の誰よりも激しい旅程に身を置いているのが東山彰良という作家なのだ。

本作『小さな場所』の舞台は台湾北部、刺青店が建ち並ぶ実在の街・紋身街。食堂を営む両親を持つ少年・小武を主人公に、珍珠奶茶屋の阿華、拝金主義者の刺青屋・ケニー、彼と事あるごとにぶつかるニン姐さんなど、雑駁な町に生きる人々の喜怒哀楽を描いた群像劇——と分かりやすい分類で本書を説くのはたやすい。だがこの物語を読んだ読者は必ずや、そこに描かれているのが人々のただの喜怒哀楽ではなく、流れ過ぎる日常に油膜の如く張り付く苛立ちや焦燥、そしてそれらと不可分な清らかさであると気づくはずだ。

誰もが感動する自己犠牲や成功は、ここにはない。代わって存在するのは、あまりに些細でありふれ、それゆえになかなか言葉に紡がれぬ、極めてささやかな人生そのものだ。

父親に恋人を取られた男・レオを中心に据えた一篇、「あとは跳ぶだけ」のラストにおいて、小武の両親の店に集まった登場人物たちがこんなやりとりを交わす。

「『けど、まあ、男と女ってそういうもんだろ?』
『聞いたか、小武?』阿華がこっちに顔をふり向けた。『けったいなことがあるもんだなあ!』

『それが台北さ』
ぼくがそう切り返すと、みんながどっと笑った。」

確かにそうだ。それが台北かもしれない。だが彼らが共有した事件と感情は、もしかしたら日本でもスペインでも、南極でも、人間の暮らすどこにでも当てはまるものではないだろうか。そう、人生は常に回り続け、しかしそれでも我々は生きることをやめれはしない。そんなどうしようもない日々の旅に目を注ぎ続けるがゆえに、我々は東山彰良の作品を手に取らずにはいられぬのだ。

ある時、小武は学校の友達たちと「なんでも入る壺の絵」を描くことに熱中し、遂には全員の夢と希望をありったけ詰め込んだ「完全無欠なる楽園の壺」の作成に挑戦する。ただそこに紋身街を加えようとする小武は、異を唱える級友たちと対立してしまう——というのが、最終話にして表題作「小さな場所」の幕開けだ。

思えば、汝南の人・費長房が仙人に連れられて壺の中にある仙境に遊んだ『後漢書』方術伝の故事の如く、世界とは常に壺の中に入るほど小さく、同時に我々がどれだけ足掻いても逃げ出せぬほど大きい。

大唐の詩人・元稹は「壺中の天地は乾坤の外、夢の裏の身名は旦暮の間（壺の中の天地は人間界の外にあり、夢の中の出来事のようなこの世の名声は、朝夕の間に消えてしまう)」と詠んだ。だが壺の中に入ってしまう天地が同時に世界を凌駕するほど大きいが如く、一日の間に萎むはかない花にも似た人生は、時にうんざりするほどに長い。「世界中のどの街にもかならず一本はあるだろうと思われる、街の恥部のような細くて小汚い通り」と記される紋身街は、確かに狭く雑然として、うんざりするほどちっぽけな場所なのだろう。だが壺の中の異郷の如く、はたまたこれから大木と化す植物の種の如く、その小さな場所にはこの世のすべてが満ちているのだ。

小武は国語の宿題として出された課題作文「わたしの街」に取り組む中で、井戸の底に暮らす蛙の物語を作り出す。井戸の水が涸れたことをきっかけに外に出た蛙はみずからにふさわしい場所を求めて旅を続け、ついに大海でクジラと出会う。蛙がどんな結末を選ぶのか、それは作品をお読みいただき、ご自身の目で確かめていただきたい。ただはっきりと断言できるのは「小さな場所」に生まれ育った小武がこの一話において、愛すべきその地を旅立つ日を漠然と意識し始める事実だ。

思えばこの物語に登場する人々のほとんどは、それぞれの「小さな場所」に長く留まりはしない。ニン姐さんを訪ねてきた女の子、三つの名前を持つ小武の先生、氷砂糖の天使たる小波……だが第一話「黒い白猫」の冒頭において、ピッグボーイと弟の喜喜、ニン姐さんなど小武を取り巻く刺青師たちの行方までが明記されながらも、我々は忌々しくも愛すべき小さな場所に暮らす人々が永遠に同じ姿で留まり続ける夢を見ずにはいられない。彼らが――そして小武がそこから立ち去る痛みこそが人生だと理解する一方で、自らのよりどころたる小さな場所への哀惜を、小さな小さな刺青の如く身体の奥底に刻み付けてしまうのだ。

本作の親本はコロナ禍直前の二〇一九年十一月、当節の出版事情には珍しいことに、日本・台湾同時刊行という形式で出版された。台湾版での書名は『小小的地方』。なにせ子ども時代に遊び場にしていた台北の繁華街・西門町の一角、紋身街を舞台とするだけに、東山氏は刊行直後には日台双方のメディアを伴って、幾度もこの通りを歩く羽目になったという。この詳細は、二〇二二年十月に刊行された氏のエッセイ集『Turn! Turn! Turn!』（書肆侃侃房）収録の「日台同時発売『小さな場所』は子どものころの遊び場、西門町の一角」に詳しいので、ご興味がおありの方はぜひご覧いただきたい。ただここですべての読者に向けて指摘しておきたいのは、このエッセイによれば『小さな場所』屈指の魅力的なキャラクターであるニン姐さんは、東山氏の従妹がモデルという事実だ。

自分の身体には一カ所たりとも刺青を入れず、その癖、刺青店の看板を掲げる堂々たる彫り師。ただニン姐さんと異なることには、従妹氏は東山氏を練習台にするべく、顔を合わせるたびに刺青を彫らせろとせっついてくるという。

紋身街の彼らの物語が初めて文芸月刊誌「オール讀物」に連載されてから、すでに五年。何度も店を営んではつぶしてきた従妹氏は、まだ紋身街で刺青を生業としているのか。それともある日、忽然と姿を消したというニン姐さんそっくりにどこかに行ってしまったのか。はたまた東山氏は従妹氏の熱意に負けて、ついに刺青を入れたのか。わたしは東山氏とは家族ぐるみのお付き合いがあるが、それを聞くのは不思議に躊躇われてならない。

なぜなら小さな場所に暮らす人々流に言えば、刺青は覚悟の証であり、身体の奥深くに秘めた牙であり、生きるためのよすがである。ならばどれだけ親しい仲であったとしても——いや親しい仲であればこそなお、その存在を言葉に出して問い質してはならぬのだから。

昨年二〇二二年、東山彰良はデビュー二十年を迎えた。さて、そんな氏はこれからどんな旅に出るのだろう。生きることの憂鬱を怠惰を、その平凡に対する後ろめたさと鬱屈をどんな光景に織りなすのだろう。

なにせ愛の複雑さと冒険を入れ子の如く描いた『怪物』、幕末を文字通り駆け抜ける男たちの葛藤を描いた『夜汐』など、既存のジャンル区分を軽々と飛び越え、我々を自らも気づかぬ旅に誘う彼のことだ。事前の予想なぞさらりと裏切り、あっと驚く、その癖どうにもならぬほど愛おしい異境に連れ去ってくれるに違いない。その日が今から待ち遠しくてならない。

（作家）

初出
黒い白猫　「オール讀物」二〇一七年四月号
神様が行方不明　「オール讀物」二〇一七年八月号
骨の詩《うた》　「オール讀物」二〇一八年一月号
あとは跳ぶだけ　「オール讀物」二〇一八年五月号
天使と氷砂糖　「オール讀物」二〇一八年九月号
小さな場所　「オール讀物」二〇一九年一月号

単行本　二〇一九年十一月　文藝春秋刊

DTP　エヴリ・シンク
JASRAC 出 2208973-201

文春文庫

小《ちい》さな場《ば》所《しょ》

定価はカバーに
表示してあります

2023年1月10日　第1刷

著　者　東山《ひがしやま》彰《あき》良《ら》

発行者　大沼貴之
発行所　株式会社 文藝春秋

東京都千代田区紀尾井町 3-23　〒102-8008
TEL　03・3265・1211㈹
文藝春秋ホームページ　http://www.bunshun.co.jp

落丁、乱丁本は、お手数ですが小社製作部宛お送り下さい。送料小社負担でお取替致します。

印刷製本・凸版印刷

Printed in Japan
ISBN978-4-16-791988-7

文春文庫　最新刊

荒ぶるや　空也十番勝負（九）　佐伯泰英
空也は京で思わぬ事態に遭遇…佳境を迎える武者修行！

わが殿　上下　畠中恵
惚れ込んだ藩主のため七郎右衛門は財政再建に奔走する

陰陽師　鼻の上人　夢枕獏　画・村上豊
妙法寺の善智内供の長い鼻の因縁とは。絵本、第4弾！

耳袋秘帖　南町奉行と犬神の家　風野真知雄
ある神社で殺しが起きた晩、狛犬が別の像に置き換わり

鑑識課警察犬係　闇夜に吠ゆ　大門剛明
新米の都花沙と相棒アクセル号。新たな警察小説の登場！

希望のカケラ　社労士のヒナコ　水生大海
コロナ禍で浮上する新たな労務問題…シリーズ第3弾！

グランドシャトー　高殿円
名門キャバレーのトップホステスには秘密があった——

冷たい誘惑〈新装版〉　乃南アサ
小型拳銃コルトの魔力。巧みな構成で魅了する連作短篇集

小さな場所　東山彰良
台北の猥雑な街に、少年は生きる。心に沁み入る連作短編集

大盛り！　さだおの丸かじり　酒とつまみと丼と　東海林さだお
大人気エッセイ「丸かじり」シリーズからよりぬき傑作選

ずばり池波正太郎　里中哲彦
日本一のファンが作家の全てを語る。評論と評伝の融合

0から学ぶ「日本史」講義　古代篇　出口治明
世界史の達人が語り下ろした読んで楽しい「日本史」講義

眠れる美女たち　上下　スティーヴン・キング　オーウェン・キング　白石朗訳
蔓延する病で女たちは次々と眠りにつく。ただ一人を除いて